GASTON DE SÉMUR,

SUIVI DU

MONASTÈRE DU MONT CANIGOU

ET DU CHATEAU D'ENFER,

Par Madame Emilie MILLON-JOURNEL.

PARIS,

Chez M.me V.e RENARD, Libraire, Éditeur des Enfans
du Vieux Château, tenant un Cabinet d'abonnement
pour la Lecture, rue Caumartin, N.o 12.

1823.

GASTON DE SÉMUR.

GASTON DE SÉMUR,

SUIVI DU

MONASTÈRE DU MONT CANIGOU

ET DU CHATEAU D'ENFER.

Par Madame Emilie MILLON-JOURNEL,
Auteur des Enfans du Vieux Château.

TOME SECOND

PARIS,

Chez la V.e RENARD, Libraire, Editeur des Enfans
du Vieux Château, tenant un Cabinet d'abonnement
pour la Lecture, rue Caumartin, N.o 12.

1823.

SUITE

DU MONASTÈRE

DU

MONT CANIGOU.

Un des plus grands princes qui aient jamais régné occupait alors le trône de Germanie. Othon de Saxe, déjà riche et puissant par ses propriétés personnelles, élu par les allemands pour gouverner ses égaux, justifiait ce choix par son génie, son courage et son humanité; il accueillit dans Bérenger un prince désormais sans ressource, sans asile, que l'ambition avait égaré; mais que les espérances qui avaient bercé sa jeunesse, jointes au mépris que Hugues méritait, rendaient excusable à bien des yeux. Bérengér cependant demandait quelque chose de plus que de la pitié : il peignit à Othon l'oppression dont gémissaient les lombards, l'injustice du sort qui les soumettait à un prince sans talent, sans honneur, et dont les titres étaient loin d'être incontestables. En supposant que le roi Louis d'Arles eût eu des droits plus proches que le premier Bérenger, Hugues n'en avait point hérité; et ses degrés de parenté avec l'empereur Louis II n'étant qu'égaux à ceux de Bérenger, devait-on compter pour rien le vœu du peuple, le vœu des grands de tout un royaume ? n'était-ce pas à ce vœu que Pepin avait dû la couronne de France, et qu'Othon devait celle de la Germanie ? Ces raisons spécieuses, l'éloquence de Bérenger, ébranlèrent ce monarque : il délibérait s'il ne se déclarerait point le soutien du duc d'Ivrée, s'il ne concourrait pas à expulser de l'Italie un prince qui l'avait déshonorée, appauvrie, désolée ; et il aurait probablement mis des troupes à la disposition du duc, si Guiffre ne fût arrivé sur ces entrefaites. C'était à la

recommandation de Lothaire que
Hugues l'envoyait au roi de Germanie. Instruits à Véronne des efforts
faits par Bérenger pour susciter
Othon contre eux, le père et le fils
avaient cherché les moyens de parer
un coup si funeste : il était nécessaire de dépêcher vers Othon un
ambassadeur aussi dévoué qu'habile,
qui triomphât des brigues, des sug-
gestions du duc d'Ivrée ; enfin qui
plus loyal, ne fût pas moins pourvu
du don de plaire et de se faire écouter. Guiffre, depuis l'évasion de
son frère et de Bérenger, était
tombé vis-à-vis de Hugues malgré
le service qu'il lui avait rendu, dans
une espèce de disgrâce : il était na-

turel de lui attribuer la délivrance des prisonniers ; et sans oser l'accuser, ni le punir par égard pour son nom et pour la faveur dont il jouissait près de Lothaire , Hugues lui accordait une part bien visible dans son aversion ; mais , dans l'embarras où le jettait un choix aussi difficile que celui d'un ambassadeur zélé et intègre , Lothaire vint à bout de déterminer son père à recourir au jeune comte. Ce n'était pas la première fois que Hugues envoyait en Germanie ; mais jusqu'ici, le but de ses messages avait toujours été de réclamer celui qu'il nommait un rebelle. Il s'efforçait de donner des preuves de la trahison du duc d'I-

vrée, celui-ci protestait de son innocence, il se disait victime de
l'animosité, de la défiance du roi,
qui l'avait fait arrêter sous un vain
et faux prétexte. A présent que la
violence de Hugues l'avait dégagé
du serment de fidélité, il n'épargnait rien et il en faisait l'aveu, pour
soulever les lombards en sa faveur.
Un agent mystérieux que l'on nommait Amédée, parcourait l'Italie
dans tous les sens : Hugues ne l'i-
gnorait pas et ne pouvait parvenir à
s'en rendre maître, soit que les
chefs auxquels était confiée l'autorité
dans toutes les villes et tous les villages
lui prêtassent en secret une main
secourable, soit que les déguise-

mens abjects et multipliés sous lesquels il se présentait successivement
en tous lieux , le fissent échapper en effet aux soins que l'on prenait pour le découvrir , cet homme,
tantôt sous l'habit d'un pélerin,
habit qui rend presqu'inviolable en
Italie celui qui en est couvert , tantôt en mendiant , en ermite , boî-
teux , aveugle , contrefait , pliant
sous le poids d'une besace , décoré
d'une barbe blanche , ou la tête rase
comme un frère mineur , pénétrait
chez les châtelains , chez les prélats,
dans les communes ; et par ses pré-
dications , ou par des chants plain-
tifs sur la décadence de l'Italie , il
fomentait le mécontentement qui

s'introduisait de toutes parts. L'au=
dace et l'astuce de cet agent in=
connu, irritaient vainement la colère
du roi Hugues: son talent dénotait
un homme distingué, à qui la pas=
sion du succès et de la vengeance
avait fait embrasser les moyens les
plus extraordinaires, en dépit du
dégoût et du danger. L'espèce de
merveilleux qui résultait de son au=
dace et du soin inutile que l'on
prenait de lui dresser des embûches,
ajoutait à son influence et précipi-
tait son triomphe : il porta la témé-
rité jusqu'à se glisser un jour aux
portes de l'église où Hugues avait
entendu la messe ; et lui tendant la
main à l'exemple des mendians qui

l'entouraient, il en reçut une au-
mône en échange de laquelle il remit au roi un amulette : le roi
regarde ; il découvre, au lieu d'une
sainte relique, une aiguille acérée
perçant de part en part une petite
figure couronnée. Hugues se trouve
presque mal ; il ordonne l'arresta-
tion du coupable, mais il est impossible de le retrouver dans la
foule. On sait quelle idée funeste la
superstition et l'ignorance atta-
chaient à ces petites statues de cire,
représentant la personne à qui l'on
voulait jetter un mauvais sort. Cette
opération supposée magique, s'ap-
pellait alors *envoûter*. Lothaire s'empare du prétendu amulette : il lit

derrière ces mots : à toi Hugues ! il le passe à Guiffre qui reconnaît l'écriture de Jasper ; et se rappelle avec douleur que le nom d'Amédée est un de ceux que suivant l'usage catalan, l'on a donnés en grand nombre à son frère. L'indignation dont il se montra pénétré, ramena la confiance du roi alarmé ; et décida le choix qu'il fit de lui pour l'envoyer en Germanie.

L'influence que Guiffre devait exercer sur Othon, ne trompa point l'espérance de Lothaire : c'était lui qui avait fait arrêter le duc d'Ivrée, lui qui l'avait ensuite fait échapper : toutes ses paroles portaient un caractère de vérité, d'équité, qui frappa le grand Othon. Désabusé sur le compte de Bérenger, mais ne pouvant se dissimuler, ni dissimuler à Guiffre les progrès que la révolte avait fait sourdement en Italie, et le nombre de partisans que Bérenger devait à ses agens, principalement à Jasper-Amédée, il prit un parti aussi noble que son ame et sa conduite s'étaient toujours montrées : au lieu d'embrasser la cause de l'un des compétiteurs, il ne voulût être que leur arbitre, et trouva juste de laisser le choix entre eux aux chefs de la Lombardie ; il les convoqua tous à Milan, il leur adjoignit les prélats les plus éclairés; et s'il forma dès lors un plan pour

pacifier plus solidement l'Italie et
pour donner à chaque concurrent
le prix de ses actions et de ses mauvais sentimens, il eût soin de le
renfermer en lui-même. Hugues
averti par Guiffre du dessein qu'a-
vait Othon d'assembler une diète
à Milan, fut bien contraint de s'y
soumettre ; mais n'osant y paraître
comme il y était invité, n'osant s'exposer personnellement aux affronts
que ses propres sujets et ses ennemis pouvaient lui réserver, il ima-
gina d'y envoyer à sa place son fils
et sa belle-fille qui réunissaient en
eux tous ses droits et ceux du roi
de Bourgogne. Si le tyran de l'I-
talie, si l'époux de Marosie devait

craindre de paraître à tous les regards, il comptait au contraire sur
l'impression irrésistible que feraient
sur l'assemblée la jeunesse, l'innocence de Lothaire et d'Adélaïde.
Ils arrivèrent à Milan où Guiffre
les vit paraître avec transport, et le
roi de Germanie, malgré l'impar-
tialité que lui prescrivait son rôle,
pût cacher à peine le plaisir que lui
causait leur présence.

Le vainqueur des normands, celui qui pour délivrer l'Europe de leurs
excursions, avait osé pénétrer dans
leur patrie et les avait soumis au milieu des glaces et des rochers qui bor-
dent leurs rivages, le maître de tant
d'états riches et populeux, Othon

2.

enfin parut à l'ouverture de cette assemblée plus imposant encore par sa
vaillance, sa gloire et ses talens, que
par sa puissance. Ce fut avec une
dextérité louable qu'il fit germer dans
tous les esprits les notions dont le
sien même était rempli. Si d'un côté
il méprisait l'époux de Marosie, de
l'autre, tant pour l'exemple que pour
le repos des lombards, il avait résolu
d'écarter le factieux, l'hypocrite qui
l'avait voulu tromper. Il lui avait fallu
peu de tems pour apprécier Lothaire,
et il agit avec adresse pour le faire
mieux valoir à tous les yeux : depuis
plusieurs années il désirait connaître
Adélaïde, à qui la renommée attri-
buait avec toutes les vertus de sa mère

tous les dons de la beauté ; Othon
trouva que la renommée en avait à
peine assez dit. Ces deux époux pos-
sédaient un charme nouveau qu'ils
devaient au malheur ; la vue de ces
victimes volontaires de la turpitude,
de l'avarice et des cruautés d'un pèr e
qui venaient s'offrir à sa place et livrer leur tête innocente aux coups de
la fortune et aux humiliations qu'ils
étaient si loin de mériter, était fait e
pour émouvoir tous les cœurs sen-
sibles. On condamnait Hugues, on
regrettait Lothaire, et Bérenger s'é-
tonnait de n'être pas élu. Othon ou
vrit enfin un avis propre à anéantir
toutes les factions, à satisfaire les
bons esprits véritablement attachés

au bien-être, à la gloire de leur pays,
et non au chef d'aucun parti : c'était
d'écarter à la fois Hugues et Bérenger, et d'appeler au trône Lothaire,
héritier des droits de son père, et
Adélaïde, héritière des droits du sien.
Les vrais amis du repos public répon-
dirent avec acclamations à la proposition d'Othon ; les partisans même
de Bérenger ne trouvèrent aucune
objection à faire, et l'opinion, la
puissance d'Othon leur en impo-
saient. Bientôt les noms de Lothaire
et d'Adélaïde retentirent de toutes
parts. Ils n'étaient pas présens : pres-
sentant avec amertume la déchéance
de leur père, ils s'étaient absentés de
la diète pour n'y pas dévorer ce der-

nier affront. Lothaire, le visage couvert de ses mains, cachait la rougeur
et les larmes qu'excitait l'idée de
l'opprobre qu'il était venu chercher
à Milan. Adélaïde déployait en con-
solant son époux ce mélange de résignation, de fermeté, qui caractérise
son sexe, qui fait braver sans éclat
et sans plainte les revers de la fortune; son attention se portait surtout
à écarter de l'esprit de Lothaire cette
réflexion désolante, qu'en s'associant
à lui Adélaïde avait perdu ses droits
personnels, tandis que dans le fond
de sa pensée elle cherchait les moyens
de les faire valoir en faveur de son
mari.

Tout à coup leur porte est ouverte,

et Bérenger se précipite à leurs pieds.
« Que je sois le premier , dit-il , à
saluer mes souverains ! J'ai contesté
les droits de Hugues , mais je n'ai
rien à disputer à Lothaire , à mon
ami , mon bienfaiteur ; qu'il reçoive
le serment que je fais de lui consacrer désormais cette vie qu'il m'a sauvée. J'ai détesté son père..... J'aimais
tendrement ma patrie qu'il ne pouvait rendre heureuse , mais Lothaire
fera la gloire , la félicité de mon
pays , et je jure volontiers une fidélité éternelle à celui qui sera le meilleur des rois. »

La surprise empêchait Lothaire ,
non-seulement de lui répondre , mais
de le bien comprendre. Bientôt

Guiffre rayonnant de joie arrive et tout est expliqué. Lothaire les serre également dans ses bras ; il croit son ancien rival aussi sincère que son ami. Il promet à Bérenger de le dédommager de la perte d'une couronne qu'il sacrifie avec tant de magnanimité. Lothaire lui tient compte de ce sacrifice comme s'il n'eût pas été commandé. Guiffre ne s'oppose point à cette effusion de Lothaire, il sait qu'Othon ne hait point le duc d'Ivrée ; que ce dernier d'ailleurs a ses partisans qui pourraient remuer encore, et le cœur de Lothaire l'inspire en ce moment aussi bien que l'aurait fait la politique. Guiffre se promet seulement de recommander au roi

une confiance moins implicite, à laquelle il le voit trop porté par caractère ; mais il se flattait en vain de cor-
riger ce défaut d'une belle ame. Enfin
c'est Bérenger qui introduit son souverain à la diète. Ce spectacle excite
des applaudissemens universels, et
l'astucieux Lombard s'applaudit lui-
même d'avoir tiré un pareil parti de la
fausse position où il s'était trouvé
pour un moment. Ce spectacle dans
le fait avait de la grandeur : il plut au
roi de Germanie, il rendit le courage aux partisans de Bérenger qui
craignaient d'être replongés avec lui
dans l'obscurité. Sa rentrée dans tous
ses biens (confisqués par Hugues)
suivait nécessairement sa rentrée en

grâce, et son influence sur l'esprit
et à la cour de son cousin, leur permettait toujours d'espérer pour eux-
mêmes des biens, des grâces et des
dignités; objets qui contribuaient
plus encore que l'amour de la patrie
aux variations que l'esprit public es-
suyait depuis près de trente ans en
Lombardie.

Ce ne fut pas sans un cruel embarras que Lothaire se mit en devoir
d'annoncer à son père l'issue singulière de cette diète de Milan. Hugues
prévoyait bien sa déchéance; mais
l'élection de Bérenger lui aurait laissé
pour guerroyer des prétextes que
celle de son fils ne lui donnait pas.
Cette clause aurait pu consoler un

autre père que le comte de Provence
celui-ci ne pouvait manquer d'imaginer que ses enfans avaient intrigué
contre lui pour eux-mêmes, et les
jugeant d'après son propre cœur, il
les accuserait d'avoir par cupidité
trahi sa confiance et outragé la nature. Guffre fut encore chargé de
cette mission délicate. Il alla préparer
le vieux roi à quitter Véronne. Ce ne
fut pas sans peines qu'il le fit partir.
On dit même que pour s'en dispen-
ser, il essaya d'établir de secrètes
intelligences avec Bérenger; mais
que celui-ci eut assez d'art pour comprendre qu'il n'avait rien à gagner
avec un homme aussi faux, aussi
perfide que lui-même, et qu'il pré-

féra faire de Lothaire jusqu'au bout sa dupe et sa victime. Il fallut donc que Hugues se déterminât à retourner en Provence : Guiffre partit avec lui ; la dispense nécessaire à son mariage était accordée ; il éprouvait un désir bien légitime d'aller serrer des nœuds différés si long-tems ; mais ce ne fut pas au gré de ses désirs qu'il put aller revoir la joyeuse montagne au pied de laquelle respirait ce qui lui était le plus cher au monde. Le vieux roi était resté frappé de la menace de don Jasper : il croyait sentir la pointe aiguë de l'aiguille enchantée s'enfoncer invisiblement et lentement dans son sein. Guiffre espérait par ses humbles avis y faire pénétrer

celle du repentir. Hugues qui voyait
en lui le frère de son persécuteur, le
considérait comme son égide. Il faisait chercher de tous côtés don Jasper qui n'avait pas reparu depuis la
nomination de Guiffre à l'ambassade
de Germanie ; il voulait négocier
avec lui, afin qu'il détruisît le funeste
charme ; mais Bérenger prétendait
lui-même ignorer le lieu de sa résidence. Enfin ce ne fut qu'après la
mort de Hugues qui périt l'esprit
frappé, inconsolable de la perte de
sa couronne, accusant successivement
don Jasper, Bérenger, Albéric et
ses propres enfans plus que tout autre, que Guiffre se crût libre de quitter la Provence et de voler au Canigou.

A mesure qu'il en approchait , et
que les bois , les rochers , les maisons devenaient plus distincts , ces
aspects auxquels ses yeux étaient
accoutumés dès l'enfance , le péné-
traient d'une joie douce , d'un attendrissement inexprimable. Ils étaient
cependant bien inférieurs encore à
ce qu'il éprouva en serrant dans ses
bras le couple respectable qu'il avait
quitté depuis plusieurs années. Il est
aisé de confondre au premier abord
l'expression d'un plaisir touchant et
celle de la douleur : Guiffre en
voyant couler les larmes de ses parens, sentait aussi couler les siennes ,
et n'en appréciait pas la différence ;
cependant il cherche , il demande

sa cousine , son amante , et les pleurs de ses parens redoublent. Un frisson mortel se glisse dans ses veines. Que va-t-il apprendre ? qu'est devenue Guila durant son absence ? c'est avec peine que sa tendre mère entreprend ce triste récit.

Si l'on est surpris que ces bons parens eussent laissé ignorer à leur fils des événemens d'une si grande importance , on voudra bien se rappeler qu'à cette époque les postes n'étaient point établies , que les communications même d'une province à l'autre étaient rares et dif- ficiles , qu'il fallait envoyer des émis- saires tout exprès quand on voulait donner de ses nouvelles à ses plus

proches voisins ; et qu'un voyage
par delà les Pyrenées , les Alpes et
les Appennins , était un des plus
longs , des plus dangereux et des
plus pénibles qu'on pût entreprendre.
Le digne couple était donc resté tout
ce tems sans avoir directement des
nouvelles de Guiffre et sans lui donner des siennes. On était condamné
alors à ce surcroît aux rigueurs de
l'absence ; j'imagine qu'à cette époque on en mourait plus souvent.
Enfin ce fut après bien des paroles
entrecoupées et bien des sanglots ,
qu'Amicie apprit à son fils que Guila
avait disparu depuis quelques mois ;
et ce qui n'était pas moins affreux ,
qu'il paraissait indubitable que son

frère était l'auteur de son enlèvement.
On se souvient de la chaleur avec
laquelle Jasper avait embrassé les
intérêts du duc d'Ivrée : ce prince
appréciant tout le parti qu'il pouvait
tirer des passions et du caractère
bizarre de ce jeune homme , lui
avait promis tout ce qui pouvait en-
flammer son ambition. La seconde
place de l'état aurait été son partage
quand une fois Bérenger aurait été
sur le trône ; et la seconde place de
l'Italie valait bien la première à Cornélia , que Jasper avait tant enviée
dans son enfance. Il aimait Guila ,
rien ne serait plus facile que de la
lui faire obtenir : Bérenger devenu
roi de Lombardie , interdirait au

comte Azzon, son vassal, le ma=
riage auquel il avait destiné sa fille,
et l'obligerait à la donner à Jasper.
Mais la diète de Milan avait détruit
en même-tems toutes leurs espérances. Il fallait du tems pour relever
le parti de Bérenger, pour qu'il se
défît de Lothaire ; et ce tems serait
indubitablement mis à profit par
Guiffre pour faire enfin confirmer
son bonheur. Jasper s'était séparé
du duc d'Ivrée, le laissant travailler
sourdement à de nouvelles brigues,
à de nouveaux forfaits ; et il s'était
dirigé vers la Cerdagne, où il lui
importait d'arriver avant son frère.
La plupart de ses actions y étaient
encore ignorées : il en profita pour

s'annoncer sous des dehors bien plus aimables qu'on n'y était préparé, et pour obtenir un accueil plus tendre qu'il ne le méritait. Il ne manquait ni d'instruction, ni d'esprit ; et la teinte sauvage qui lui restait encore faisait mieux ressortir ses idées et ses manières qu'il s'efforçait de rendre agréables. Le vieux comte, la tendre Amicie, bénirent l'être suprême comme s'il leur eût donné un nouvel enfant. Guila seule, comme si un secret instinct l'eût avertie, ne put accorder à cet heureux changement son admiration ni sa confiance : dès que Jasper eût reconnu qu'il ne parvenait point à la séduire, il jetta le

masque ; le tems pressait , et il reprit un rôle plus conforme à son
caractère : il força Guila d'écouter
l'aveu de son amour , et des résolutions qu'il avait prises dans le cas
où cet aveu ne serait pas bien ac-
cueilli. Guila fit confidence de ses
menaces à Amicie : toutes deux
crurent les rendre vaines en prenant
des précautions à l'insu du vieux
comte , auquel ni l'une ni l'autre
n'osèrent découvrir la perversité de
son fils. Ces précautions furent in-
suffisantes , et Guila et Jasper dis-
parurent en même tems du château.
On suivit leurs traces jusque dans
les rochers de Canigou , où on les
perdit tout à fait. Une longue habi-

tude rendait ces écueils praticables ;
seulement pour Jasper ; on espérait
qu'il ne s'y était pas perdu avec sa
cousine ; mais le lieu où il l'avait
conduite en sortant de ces régions
presqu'inaccessibles , et le sort auquel elle avait dû se trouver réduite
avec un téméraire , c'était ce qu'A-
micie ignorait entièrement et ce
qu'elle craignait quelquefois d'apprendre. Ces chagrins , ces inquiétudes , l'image des tourmens que
souffrirait son fils bien-aimé en apprenant ces horribles nouvelles ,
avaient achevé de détruire la santé
de la comtesse , et elle avançait lentement vers le tombeau.

La crainte de précipiter sa perte ,

la crainte de désoler plus cruellement
encore un cœur si tendre, continu-
rent les transports de Guiffre et lui
donnèrent l'apparence de la résignation, de la tranquillité : il affecta
de s'en remettre au tems, à la Providence ; il se sentait cependant
révolté contre son frère et déchiré
par l'idée des outrages irréparables
que Guila pouvait avoir subi : il
voulait la chercher, et il ne pouvait
quitter sa mère, la priver de son
unique consolation à ses derniers
momens. Le ciel récompensa sa
piété filiale : il reçut des nouvelles
de Guila lorsqu'il était loin d'en
espérer ; et ces nouvelles étaient
propres à consoler Amicie. Le comte

de Canosse fit parvenir en Cerdagne un message : il instruisait le
comte que sa fille transportée par
Jasper sur les côtes de l'Italie dans
un château-fort , s'était évadée comme par miracle et s'était refugiée
dans un couvent voisin ; de là , elle
avait fait parvenir à son père le
récit de son enlèvement et de sa
fuite. Il avait été chercher Guila ,
mais il avait été obligé de la laisser
entrer pour quelque tems dans un
autre monastère ; les religieuses chez
lesquelles elle s'était d'abord sauvée,
avaient voulu lui faire voir dans sa
délivrance le doigt de Dieu qui
cherchait à l'appeller à lui ; elle
avait eu peine à triompher de leurs

exhortations , de leurs instances , et
n'avait pu échapper au blâme , au
scandale qu'excitaient en elles son
profane amour, son endurcissement
et son ingratitude apparente pour la
bonté céleste , qu'en faisant le vœu
de porter deux ans leur habit et
de laisser tout ce tems à la grâce
pour agir plus efficacement sur son
ame. Le mariage de Guiffre était
donc encore ajourné : il résolut de
consacrer ces deux années exclusi-
vement aux soins que réclamait sa
mère : celle-ci crut démêler dans le
vœu de Guila l'intention de laisser
calmer les passions de don Jasper ,
et la crainte de l'exaspérer par un
prompt hymen : les consolations

qu'Amicie reçut de ce message ne
purent néanmoins la rendre à la vie,
et avant que les deux années de
délai fussent écoulées, Guiffre eût
à verser des larmes sur la tombe de
cette mère adorée.

Elles n'étaient point taries quand
Adélaïde envoya une lettre au jeune
comte : elle réclamait sa présence
comme celle du seul ami auquel
elle pût accorder sa confiance. Elle
se plaignait de ne plus voir autour
d'elle que des hommes que Bérenger avait séduits ; elle ne pouvait
désiller les yeux de son mari ; le
duc l'avait entièrement abusé par sa
souplesse : elle désirait qu'un ami
fidèle vînt veiller sur son époux

aveuglé, et seconder ses efforts, la
seconder même dans les soins qu'elle
lui rendait ; car Lothaire depuis
quelque tems était d'une santé lan-
guissante ; peu capable de s'appli-
quer aux affaires, il ne s'en rappor-
tait que plus facilement aux rapports
et aux conseils de Bérenger. L'adroit
courtisan ménageant avec subtilité
son crédit, trouvait moyen d'exercer une autorité sans bornes ; en
ayant l'air d'épargner à Lothaire le
fardeau du gouvernement, il jouissait du pouvoir suprême dans toute
la Lombardie, et semblait être à
Véronne le sujet le plus soumis.
Guiffre ne se permit pas d'hésiter ;
Adélaïde avait besoin de son zèle ;

2.

4.

de ses avis ; il ne pouvait préférer un lâche repos au devoir de lui être utile ; il fit ses adieux à son père qui lui-même pressait son départ : mais avant de se rendre à Véronne il s'embarqua pour le midi de l'Italie ; il voulait aller à Canosse faire connaissance avec son oncle, son futur beau-père, et revoir Guila ne fut-ce qu'au parloir, et lui rappeler que les deux années de sacrifices qu'elle lui avait imposées touchaient à leur fin.

En arrivant à Canosse, Guiffre trouva le comte Azzon plongé dans une consternation qu'il partageait avec toute la Lombardie ; Lothaire n'existait plus, il avait succombé à

une fièvre lente, et les derniers instans de sa vie n'avaient pas été
exempts de quelques symptômes de
poison : à peine avait-il fermé les
yeux que le duc d'Ivrée avait été
proclamé au mépris des titres d'A-
délaïde et de ceux de sa fille Emma,
encore au berceau. Mais ces titres
qui d'un jour à l'autre pouvaient
retrouver leur influence et devenir
funestes à Bérenger, lui avaient fait
concevoir une téméraire pensée :
c'était d'unir Adélaïde à son fils
Adalbert, comme jadis on l'avait
unie à Lothaire pour confondre ensemble les droits ou les prétentions
de deux concurrens. Il avait offert
cette alliance à la reine comme une

marque de sa sollicitude à son égard :
c'était, disait-il, pour lui conserver
un trône ; mais Adélaïde avait aisément conçu que c'était pour se le
conserver plus solidement à lui-
même : elle voyait en lui l'assassin
de son époux ; et quoiqu'il eût l'a-
dresse de lui offrir dans la personne
d'Adalbert un adolescent auquel
elle ne pouvait reprocher aucun
crime, c'en était un assez grand
d'être le fils de Bérenger ! c'en était un
de prétendre à sa main dans ces premiers instans d'une douleur amère,
lorsqu'elle donnait aux qualités aimables de Lothaire et à ses vertus des
regrets inconsolables ! enfin lorsqu'elle avait été capable de mettre

à ses refus plus d'énergie, elle avait
accablé Bérenger de toutes les im-
précations qu'il méritait ; lui avait
signifié qu'il usurpait sa place et
qu'elle n'épargnerait rien pour en
chasser un monstre indigne de l'occuper ; Bérenger furieux, inquiet
des démarches qu'elle pourrait entreprendre, lui déclara que de ce
moment il la retenait prisonnière :
qu'elle serait la maîtresse d'abréger
elle-même sa captivité, qui ne fini-
rait qu'avec son refus d'épouser le
jeune Adalbert. Ce n'était point au
milieu de Véronne que Bérenger
aurait osé retenir sa victime : les
murs de sa prison auraient parlé
avec trop d'éloquence au peuple

dont elle était adorée : leur aspect
l'aurait peut-être gêné lui-même ;
c'était au loin et dans la tour de
Garda, au sein des eaux d'un lac
du même nom qu'il l'avait fait conduire, et dans l'espoir de lasser plus
promptement sa patience, il avait
donné à son égard les ordres les
plus rigoureux.

Guiffre déplora la mort de Lothaire. Il jura de se dévouer au
service de sa veuve, de son innocente
orpheline ; et aussitôt après avoir vu
Guila, de partir pour les bords du
lac. » Vous y serez devancé, lui dit
Azzon, ma fille que vous voulez
voir n'est plus à Canosse, n'est plus
dans son couvent ; elle est partie

seule , sous l'habit religieux qu'elle
ne doit point encore quitter , et qui
vous le savez est dans nos contrées
une puissante sauve - garde. Un
grand manteau de pélerine la re-
couvre encore ; elle a fait vœu de
traverser ainsi l'Italie , vivant d'au-
mônes , et priant à toutes les cha-
pelles de la Vierge pour le succès de
son voyage. C'était un vœu , et quoique père , je n'ai pu m'y opposer.
— Je ne m'opposerai point non
plus , dit Guiffre , à l'accomplissement de ce vœu sublime ! Puissé-je
seulement le seconder ! je pars à
mon tour , et ne cesserai de prier
et d'errer jusqu'à ce que j'aie ramené
Adélaïde et Guila dans les remparts

de Canosse. » Azzon lui donna sa bénédiction comme il l'avait donnée à sa fille , et promit solennellement de faire et d'ordonner des neuvaines pour le retour d'Adélaïde et de ses deux enfans. Tel était dans ce tems et dans ce pays le mélange des idées pieuses , superstitieuses même , et des actes les plus hasardeux, les plus héroïques : heureux quand par un déréglement dont il n'y avait que trop d'exemples , la religion n'était pas empruntée par des hommes sacriléges pour servir de masque et de secours à leurs attentats.

Je ne chercherai point à décrire dans quelle situation d'esprit était Adélaïde en arrivant à la tour. Elle

comprima soigneusement l'horreur
que lui inspirèrent ces murs déserts,
ces flots mugissans, dans la crainte
de donner au tyran l'espoir de voir
se lasser sa patience ; mais elle bai-
gnait de larmes solitaires la petite
Emma, qui partageait sa captivité
sans la sentir encore, et qui était
heureuse partout où elle retrouvait
le sein maternel. Excepté les gardes
qui visitaient son appartement plusieurs fois le jour, l'entrée n'en était
permise qu'au pasteur du prochain
village. C'était un vieillard pauvre,
infirme, vertueux, mais simple et
timide, auquel on avait commandé
de disposer le cœur d'Adélaïde à une
soumission nécessaire au repos de

tout son pays. Il remplissait cette
mission avec autant de candeur et
d'humilité que les autres fonctions
de son état. D'après sa conscience
il prêchait le pardon des injures ; il
croyait difficilement au parricide
qu'Adélaïde imputait à Bérenger :
Lothaire était mort ; Bérenger ré-
gnait ; Adalbert était jeune, innocent ; la Lombardie demandait une
alliance qui la pacifiât pour jamais ;
et l'horreur que ressentait Adélaïde
pour cette alliance passa long-tems
dans l'esprit du bon vieux prêtre pour
de l'injustice et de l'obstination ; mais
il en gémissait , et chaque jour avec
un nouveau degré d'amertume ; car
il était impossible de voir long-tems

Adélaïde sans s'attacher à elle et sans
désirer son bonheur. Enfin lorsqu'elle eût triomphé des idées trop
conciliantes du vieillard, quand elle
l'eût bien convaincu que ce moyen
de paix ne serait jamais admis par
elle, que la nature frémirait au nom
de fille que lui donnerait Bérenger,
elle voulut en vain obtenir de lui
quelques conseils sur le projet qu'elle
nourrissait de s'évader : cette seule
proposition l'épouvanta. Comment
échapper à la vigilance de ses gardes ?
à qui avoir recours, et surtout comment se soustraire à la vengeance de
Bérenger ? Il lui semblait déjà voir
la reine découverte, reconduite dans
une prison plus horrible, et son

malheureux complice marcher à
l'échafaud. Quoique sous le voile de
la confession il pût converser long-
tems et sans témoin avec la reine,
quand elle l'entretenait de son évasion il lui semblait que ces murs
épais allaient s'entr'ouvrir pour donner passage à ses paroles, ou que
les vagues en frappant au pied de la
tour, les répétaient comme un écho.
Elle le conjurait d'aller trouver ses
amis; elle lui promettait de l'or, des
dignités. Était-il en état d'entreprendre un voyage, et quel usage le
fils de la pénitence aurait-il fait des
récompenses qu'elle offrait pour le
séduire? Hors d'état de juger entre
les grands de la terre, il craignait

Bérenger, il plaignait Adélaïde ; il en revenait au pardon dont l'agneau de Dieu avait fourni l'exemple, et pliait les épaules d'un air triste et contrit quand Adélaïde protestait qu'elle ne pouvait pardonner au meurtrier de son époux.

Le bon prêtre, quand il venait à la tour, arrivait dans une barque qui appartenait à l'un des pêcheurs du village ; et celui-ci profitait de l'occasion pour distribuer du poisson à la garnison du château. Il était quelquefois accompagné d'un de ses enfans ou d'un apprenti qui l'aidait à ramer et à peser sa denrée. Il attachait sa barque au rempart, mais il n'avait pas la permission d'aller à terre ; l'ecclésiastique seul avait ce privilége. Un jour il vint avec un de ses fils dont la beauté frappa tous les soldats : c'était un enfant encore ; il avait toute l'étourderie , toute l'effervescence de son âge ; il entendait fort mal le métier de son père , il rioit aux éclats et faisait rire de sa maladresse à manier le poisson ; il courait d'un bout à l'autre de la barque , demandait à en sortir afin de mieux courir et danser. Enfin , épuisé de lassitude , il s'assit dans le bateau et se mit à chanter. Sa voix était flexible et sonore , mais cet avantage , si commun en Italie , n'aurait pas excité la curiosité de la garnison ; il n'aurait pas fait sortir

les soldats l'un après l'autre, ni
porté la reine captive à passer la tête
hors du guichet pour l'écouter, si
les paroles qu'il chantait n'eussent
appartenu à un idiôme étranger, si
l'air n'eût été modulé dans un genre
absolument différent. Il avait retenu,
dit-il, cette longue complainte d'un
pélerin qui l'avait apprise dans les
Pyrénées, en allant visiter la chapelle
de Notre - Dame de Consolation.
C'était l'air favori des montagnards;
et Guila n'avait pas trop présumé en
pensant que Guiffre l'aurait plus
d'une fois répété devant Adélaïde.
Le chant national de Guiffre devait
éveiller l'attention de la reine, rani-
mer ses espérances; aussi dès qu'il

était parvenu à son oreille l'avait-il fait tressaillir ; mais de la hauteur du donjon elle n'avait pu distinguer la figure de Guila sous les habits d'un petit pêcheur. Le bon vieux prêtre effrayé de l'agitation d'Adélaïde, s'était retiré pour n'avoir point à répondre à ses questions ; mais en partant il avait laissé tomber un paquet assez volumineux, caché sous sa soutane. Adélaïde s'était empressée de l'ouvrir ; elle n'y avait trouvé qu'une corde d'une longueur démesurée, et une lettre de Guila, qui l'avertissait de laisser à minuit tomber un bout de cette corde du donjon au pied de la tour, et de faire remonter le poids que l'on attacherait

à cette extrémité en s'attachant elle-
même courageusement à l'autre bout.
L'or de Guila avait aisément séduit
le pêcheur ; il devait amener une
barque chercher la fugitive ; mais
le bon prêtre, plus scrupuleux, avait
résisté long-tems à la voix de Guila,
à celle de son propre cœur ; et tout
ce qu'elle avait pu obtenir avait été
de cacher et de porter le paquet destiné à la reine, sous condition de ne
point lui en parler ; afin de pouvoir
dire en toute sûreté de conscience,
s'il était arrêté, si la reine venait à
l'être, qu'il n'était point son complice. Adélaïde après avoir couvert
de baisers la lettre de son amie, en
avoir couvert son enfant et lui avoir

promis sa délivrance , comme si la
petite Emma l'eût pu comprendre ,
compta avec anxiété les premières
heures de la nuit. Elle implorait
l'orage qui , en agitant les flots , devait couvrir efficacement le bruit des
rames , et qui en obscurcissant les
étoiles devait mieux dérober sa
fuite. Tout réussit au gré de ses
désirs : la nuit devint sombre ; et les
vagues , sans mettre en danger la
barque qui amenait ses libérateurs ,
retentissaient au pied du rempart.
A minuit la reine fit descendre la
corde , et sentit bientôt à la résistance qu'elle lui opposa que le
contre-poids était fixé. Dans ce moment son courage fut prêt à faillir ;

il fallait se suspendre à près de cin-
quante pieds de haut ; il fallait plus
encore , y suspendre son enfant et
s'abandonner avec elle aux hasards
d'une chûte épouvantable. Il le fallait... Elle implora le secours de la
Providence , et se conforma de
point en point aux instructions que
renfermait la lettre de Guila. Elle
attacha fortement Emma sur ses
épaules , elle passa la corde sur un
barreau placé transversalement au
milieu du guichet , et qui servit
comme de pivot; elle passa l'extrémité de la corde sous ses bras , y fit
un nœud solide , et par un élan rapide , elle se trouva hors du guichet.
A mesure que sa pesanteur la faisait

descendre , la corde tournait , et le
contre-poids remontant modérait sa
chûte. Elle arriva de cette manière
jusqu'en bas , fut recueillie dans la
barque , et y resta long-tems tremblante et muette entre les bras de sa
libératrice.

Le pêcheur conduisit les deux
amies , non au village où elles auraient été remarquées , mais dans
une cahutte qu'il avait de l'autre
côté du lac. Elles y passèrent trois
jours , partageant les travaux de cet
homme autant qu'elles en étaient
capables , et vivant du poisson que
leurs mains avaient pris. Elles restaient à dessein cachées dans cet
endroit. Il n'y avait pas de doute

que toutes les routes aux environs du lac seraient durant les premiers jours couvertes d'émissaires. Elles ne quittèrent ces bords dangereux que lorsqu'elles crurent les chemins moins dangereux encore que leur asile. Le manteau, le capuce de pélerine couvraient alors Adélaïde, et Guila avait repris son costume blanc de novice. Elles ne voyagèrent pas seules pendant long-tems ; elles rencontrèrent le comte Guiffre qui venait au secours de l'une et de l'autre. Il les escorta jusqu'à Ca-nosse, où Adélaïde fut reçue en souveraine, et d'où elle envoya de tous côtés des messages, pour deman-der du secours à tous ceux de ses

sujets qu'elle jugeait lui être demeurés fidèles.

Cet appel ne fut pas tout à fait vain :
plusieurs de ses vassaux accoururent
à Canosse avec des troupes ; et la situation de la forteresse étant reconnue pour inexpugnable, la reine
n'aurait jamais pu choisir un plus
sûr asile. Bérenger outré de sa fuite
et de cette déclaration de guerre, ne
tarda point à se mettre en armes à
son tour. Adélaïde faisait circuler
dans toute l'Europe des manifestes ;
elle réclamait ses droits, elle faisait
valoir ses malheurs ; elle demandait
au moins la convocation d'une diète
pour décider entre elle et l'assassin
de son mari. Bérenger ne répondait

point à ces manifestes, mais il formait
le blocus de Canosse, et il se flattait
avec raison de réduire tôt ou tard par
la famine Adélaïde et ceux de ses partisans qui s'étaient enfermés avec elle.
Le nombre n'en était pas assez fort
pour que les assiégés, malgré leur
bravoure, pussent chasser Bérenger
de ses retranchemens. Adélaïde avait
cru qu'elle serait secourue par quelques amis au-dehors, et que le camp
ennemi attaqué sur les deux faces,
succomberait et délivrerait Canosse.
Ce secours espéré long-tems n'arrivait point : Adélaïde ne voyait plus
que le ciel qui touché de la justice de
sa cause, pût la faire triompher par
un miracle. Guila, encore sous les

habits religieux, n'épargnait pas ses neuvaines; Guiffre n'épargnait pas son sang; et le ciel en effet, en inspirant à Guiffre un nouveau moyen dont il fut frappé tout à coup comme d'un trait de lumière, fut le véritable libérateur d'Adélaïde.

Othon, ce héros, ce monarque illustre, qui avait autrefois servi Lothaire, n'avait fait depuis quelques années que croître en gloire, en puissance et en renommée. Il pouvait faire beaucoup encore pour Adélaïde. Il y serait porté, Guiffre avait des raisons pour le croire, si..... si Adélaïde de son côté voulait faire tout ce qui devait l'enchaîner à sa cause et la lui rendre personnelle. Il fait part de cette inspiration à Guila, qui connaît à fond le cœur de la reine, et qui hésite à lui proposer ce moyen quoique décisif. Cependant elle va la trouver, elle lui parle à genoux. Guiffre est appelé en tiers à la conférence, dont l'issue est cette courte lettre qu'Adélaïde remet d'une main tremblante dans celle du comte; puis elle se dérobe à ses yeux en pleurant.

Adélaïde au grand Othon.

« Veuve, mère et reine infortu-
» née, ma fille et mes sujets ont
» besoin d'un père, les mânes de
» Lothaire me demandent un ven-
» geur. Je ne connais dans l'univers

2,   6

» qu'un héros digne de ma confiance
» et de mon cœur : Othon, venez,
» soyez l'époux d'Adélaïde et roi de
» la Lombardie. »

Guiffre a recours au travestissement qui a si bien servi déjà la reine et la jeune comtesse. Vêtu en pélerin, il traverse sans obstacle les postes ennemis. Il va jusqu'en Bohème joindre Othon qui faisait alors la guerre au roi Boleslas ; il est témoin d'une grande bataille dans laquelle Boleslas est complètement battu : Guiffre ne fut pas un témoin inutile. Ses services disposèrent encore mieux le monarque qu'il venait implorer, et qui connaissait déjà avantageuse-

ment son mérite. Ce fut au milieu du
triomphe, après qu'il eut reçu l'hom-
mage du roi de Bohème, qui se reconnut feudataire pour conserver sa
couronne, qu'il remit au vainqueur
la lettre par laquelle on lui proposait
encore de nouveaux états, par laquelle on lui prescrivait de nouveaux
exploits. Othon n'avait point oublié
Adélaïde; mais ainsi que Guiffre l'a-
vait imaginé, il avait conservé un souvenir touchant de sa conduite à Milan, de sa résignation, de sa beauté
même: il savait ses derniers malheurs,
et il avait admiré sa constance. Sa
cause était celle de tous les souverains,
de tous les cœurs magnanimes. Il ne
cache point à Guiffre l'impression

que cette lettre fait sur son ame ; mais
monarque et non despote , il hésite
à entraîner ses sujets dans une guerre
qui peut être longue et ruineuse. Il
convoque un grand conseil et il in-
vite le comte à y assister.

Othon déclare à l'assemblée la
proposition d'Adélaïde ; et veut que
l'on discute ce mariage comme une
affaire d'état : on lui offre tout un
royaume , mais il faut le conquérir.
Sa grandeur d'ame , son humanité le
porteraient à secourir la reine de
Lombardie , même sans aucun intérêt ; mais il est séduit encore par l'i-
dée de réunir à la Germanie un ter-
ritoire qui lui appartenait sous ses pré-
décesseurs. Ludophe fils d'Othon ,

et Conrad son gendre, s'élèvent avec
chaleur contre ce projet. A peine la
guerre de Bohème vient-elle d'être
terminée, il faudrait en entreprendre
une autre qui pourrait tourner à la
honte de la Germanie, et non à
son profit ni à sa gloire. La jeune
Emma peut en grandissant disputer
à son beau-père les droits au trône
de Lombardie, et l'on verrait re-
naître les débats sanglans qui ont
divisé toutes les branches de la famille de Charlemagne ; et quand un
fils d'Othon et d'Adélaïde régnerait
sur les Lombards, quel bien en re-
tirerait la Germanie ? Car sans doute
ce n'est pas précisément à son
époux, et surtout aux enfans du

premier lit de son époux , qu'Adélaïde veut transmettre ses titres à la
couronne d'Italie. Ces objections
ébranlaient déjà la majorité du conseil ; mais Guiffre prend la parole,
et le ciel place la persuasion sur ses
lèvres : il fait le tableau des malheurs
et des vertus d'Adélaïde. Ce tableau
qui a déjà si puissamment agi sur le
cœur d'Othon , ne trouve pas tous
les autres fermés à la pitié. Il passe
aux avantages que promet cet hymen,
et qui viennent d'être contestés par
les princes. Est-ce au grand Othon
à redouter la rébellion de ses sujets
et les efforts d'une jeune fille ? Il
peint l'Italie pacifiée et son com-
merce ajoutant aux trésors de la

Germanie ; il peint le chemin de Rome ouvert à Othon , et par suite à son fils aîné ; et ce trait adroit change la disposition des esprits. Ludolphe souscrit à une conquête qui peut enrichir ses états et le conduire au trône impérial ; Conrad n'ose s'opposer à son beau-frère , et les autres membres du conseil prêtent volontiers l'oreille à la fin du discours de Guiffre , qui contient l'énumération des bienfaits , des récompenses qu'Adélaïde répandra sur ses défenseurs , aux dépens des révoltés.

Je ne suivrai point dans tous ses détails une guerre longue et périlleuse. Guiffre , qui avait remporté

une première victoire par son élo=
quence, contribua par la force de
son bras à en faire remporter d'autres. Les mauvais conseils de Conrad
écartèrent Ludolphe de son devoir
envers son père et de ses plus vrais
intérêts ; Guiffre eût la douleur de
le voir se déclarer encore contre un
parti qu'il avait embrassé une fois,
et refuser de marcher au secours de
Canosse. Othon se montra terrible
vis-à-vis d'un fils rebelle : pour ré=
compenser son obéissance il l'avait,
en partant de Germanie, gratifié de
la Souabe pour apanage avec le titre de roi ; pour punir son ingratitude il assembla une diète et le fit
déclarer inhabile à lui succéder. Cet

acte de sévérité eût un effet favorable : Ludolphe réduit à implorer le pardon de son père, reparut sous ses étendards et le suivit sous les murs de Canosse. L'usurpateur prit la fuite ; et le roi de Germanie entra triomphant dans la forteresse. Les malheureux habitans qu'il a délivrés sont à ses genoux ; Othon lui-même est à ceux d'Adélaïde.

Il était impossible de connaître la fille de Berthe et de lui refuser un tribut d'affection et d'estime. Instruite des oppositions mises par Ludolphe et par Conrad à son union avec leur père, oppositions qui l'avaient menacée d'une perte inévitable, Adélaïde loin de témoigner du ressentiment, mit tout en usage pour gagner leurs cœurs. Elle captiva bientôt leurs suffrages ; ils jurèrent de servir sa cause jusqu'à leur dernier soupir. Il restait encore beaucoup à faire pour achever la conquête de l'Italie, pour compléter la défaite de Bérenger ; mais avant de se remettre en campagne, Othon voulut établir irrévocablement ses droits sur la couronne et sur le cœur d'Adélaïde. Leur mariage fut célébré avec une pompe toute guerrière ; et celui de Guiffre et de Guila, différé tant de fois, le fut en même tems.

Il ne fallait pas laisser à Bérenger les moyens de châtier ou de rappeler

à lui ceux des lombards qui s'étaient
soumis à Othon sur son passage. Il
s'était retiré dans le canton de No-
varre et se fortifiait dans la forteresse
de St.-Jules, au milieu du lac d'Orta.
Il n'en sortit point ; il laissa son fils
Adalbert livrer bataille au roi de
Germanie, à peu de distance de son
repaire, près de la petite ville de
Plombia. Les enfans d'Othon por-
tèrent à ce combat tout le zèle dont
Adélaïde les avait remplis ; et ce
zèle était partagé par tous les allemands, à qui le climat et les mœurs
de la belle Italie commençaient à
plaire : d'ailleurs Othon était l'époux
de la reine Adélaïde, et l'orgueil
national ne permettait plus de laisser

échapper la conquête de ses nouveaux états. La bataille fut sanglante
et le succès vivement disputé. La
victoire enfin se fixa du côté d'Othon,
mais elle lui coûta bien cher ; elle
coûta beaucoup à Adélaïde elle-
même, dont les larmes dûrent couler
avec celles de son époux. Ludolphe
et Conrad ambitieux de réparer leurs
premiers torts, se livrèrent au combat avec une ardeur qui leur devint
funeste, et leur vie fut le prix du
triomphe d'Othon et d'Adélaïde.
Cette dernière en apprenant leur
perte, se crut presque coupable
d'avoir réclamé leurs secours et celui
d'Othon ; elle se hâta de venir
joindre le tribut de ses regrets à ceux

de la Germanie : et elle n'était pas la seule de son parti que cette bataille condamnait à des souvenirs douloureux et éternels.

Les efforts du comte Guiffre avaient puissamment secondé ceux des princes de Germanie. Emporté comme eux à plusieurs reprises à la suite des fuyards pour les rallier et les ramener au combat, ce qu'il avait déjà fait avec succès ; il rencontra la dernière fois sur sa route un chevalier couvert d'armes noires, qui l'avait attaqué précédemment dans la mêlée ; il venait le chercher au loin pour commencer un combat particulier et par conséquent à outrance : ils fondent l'un sur l'autre

avec vigueur ; placés à l'écart leur
lutte ne pouvait être interrompue ,
et elle fut longue en raison de l'habileté et de l'acharnement qui se
manifestaient des deux côtés ; enfin
Guiffre réussit à blesser son ad-
versaire au défaut de sa cuirasse ;
le vaincu tombe et pousse un cri
en roulant sur la poussière : à ce
cri le comte a déjà reconnu son
frère , son frère qui naturellement
devait combattre sous les drapeaux
de Bérenger. Éperdu , pénétré
d'une pieuse horreur , il délace son
casque , toute son armure ; il va
chercher de l'eau à une fontain à
peu de distance , il étanche sa bles-
sure ; et c'est au milieu de ces soins

que Guiffre lui prodigue que Jasper
reprend ses sens. L'épuisement, le
trépas qu'il voit prêt à le saisir,
appaisent enfin ses fureurs ; la jalousie s'éteint avec les principes de
la vie ; il est ému par les embras-
semens et les pleurs d'un frère qu'il
a méconnu, et auquel il croyait
apporter la mort : son ame égarée
s'ouvre enfin aux sentimens de la
nature et il frissonne, car ses crimes se retracent à sa mémoire ;
un poids incommensurable retombe
sur son cœur qui se reconnaît avec
effroi : il hésite, il appelle ; c'est
le secours du ciel qu'il implore.
Guiffre voudrait aller lui chercher
un ecclésiastique, mais où le trou-

ver dans un pareil moment, et comment abandonner son frère ? il regarde autour de lui : ils sont seuls ; Jasper lui-même l'empêche de s'éloigner. « Le tems te manquerait, lui dit-il : je sens que je n'ai plus que quelques minutes à vivre. Guiffre reçois toi-même la confession de mes forfaits ! je t'ai haï !... cette fatale erreur a produit toutes les autres : ravisseur de Guila, assassin de ma tendre mère qui est morte de douleur, je t'ai cherché dans ces lieux.... tu ne me connaissais pas, Guiffre, tu as défendu justement et courageusement ta vie, mais moi je te connaissais ! et je t'ai cherché pour me baigner dans ton sang ! j'ai le prix de mes desseins parricides : et ce n'est pas tout. . . . . ô mon frère ! l'ambition , l'amour , la vengeance.... toutes les furies de l'enfer.... m'ont fait commettre précédemment un autre crime : Bérenger !.... m'avait promis la Toscane , la main de Guila...j'ai consenti... oui: c'est ma main qui a préparé le poison lent, qui l'a jetté furtivement dans la coupe de Lothaire.... tu frémis ?.... ah ! si tu ne peux m'écouter sans horreur, puis-je me supporter moi-même ? et les portes de l'éternité vont s'ouvrir ! la justice divine va s'armer !.... pas un instant pour la fléchir , pas un instant pour expier tant de crimes !.... — Dieu est infini dans sa miséricorde, dit Guiffre en sanglottant. — Tu le crois ? reprit Jasper, est-il vrai ?.... mais non : tant d'années d'endurcissement ne peuvent être acquittées par un seul cri de repentir. Je suis perdu pour l'éternité. — Calme-toi ! s'écria le comte ; Jasper ! tu me déchires.... que ne puis-je ?.... mais je le puis, en effet. O toi ! le fils de ma vertueuse mère, mon frère que j'aimai malgré son ingratitude.... non, tu ne seras point dévoué à des supplices éternels ! ce que tu ferais pour ta rédemption si tu pouvais survivre, parle, je le ferai pour toi. — Je ferais, dit Jasper, élever un temple à Dieu.... dans ces lieux mêmes qui

furent les premiers témoins de ma
frénésie, sur ce mont chéri, vers
lequel se tournèrent aussi mes premiers regards, lorsque dans une
tendre enfance l'envie n'avait pas
encore corrompu mon cœur. — Je le
ferai, répondit Guiffre. — Mais ce
que tu ne pourras faire et ce que
j'aurais fait, comme le plus sûr moyen de racheter mes horribles fautes,
d'obtenir enfin mon salut..... si j'a-
vais dû survivre au coup qui m'a
justement frappé, je me serais consacré dans ce monastère à la retraite,
à la pénitence ; et nuit et jour j'aurais imploré de Dieu mon pardon.
—Je le ferai, dit Guiffre avec un
saint enthousiasme. — Toi ! mon

frère ! toi ! tu voudrais !... ah ! n'as-
tu pas été assez ma victime ! et puis,
n'es-tu pas l'époux.... — Guila me
suivra ; elle priera avec moi, je te
réponds d'elle. Calme toi, meurs
en paix s'il te faut mourir : tes derniers vœux seront fidèlement acquit-
tés. J'accomplirai ta pénitence... que
dis-je ? eh ! n'ai-je donc rien à expier pour moi-même ? n'est-ce pas
moi qui te donne la mort ? moi qui
te précipite avant le tems, et sans
que tu puisses l'éviter dans l'éternel
abîme ! ne dois-je pas racheter à la
fois et tes forfaits et le mien, quoique involontaire ? Jasper ! Dieu
qui nous entend, Dieu qui voit
notre repentir, accueille nos ser-

mens et se dispose à la clémence.
— Oui, dit Jasper, les promesses
du juste montent jusqu'à son trône,
comme la fumée du sacrifice. Mon
salut reste entre tes mains, ne l'ou-
blies point, et ne te reproches point
ma mort dont tu es la cause innocente ; mais si tu manquais à tes
sermens, ma perte éternelle serait
ton ouvrage ; et c'est alors que tu
mériterais le titre de fratricide ; mon
frère ! j'ai failli comme Caïn : je
m'en accuse.... mais si tu me trahis,
si tu m'abandonnes aux tortures
après avoir promis de m'en délivrer,
ce sera toi Guiffre, ce sera toi
alors... » Sa voix s'éteint ; Guiffre le
serre entre ses bras, Jasper se ra-

nime un moment, il rouvre les yeux
avec effroi ; il étend une main con-
vulsive, il répète avec un accent
affreux, entrecoupé, ces mots, dam-
nation, enfer, miséricorde. Une
sueur froide couvre ce front où sié-
geaient naguère la menace et la fureur. L'envieux meurt comme il a
vécu dans les tourmens, et son ame
recule devant le prix qui l'attend ;
en vain le malheureux Guiffre s'ef-
force de l'appaiser encore ; le délire
s'empare de ses derniers momens.
— Non, dit-il, je les vois, je les
vois, les flammes ; l'ange des ténèbres ; le gouffre s'ouvre... Bérenger!
il ne se refermera point sur moi,
tu m'y suivras.... il retombe, et

Guiffre ne presse plus contre sa poitrine qu'un corps défiguré par les
affres du trépas ; épuisé de fatigue
et de douleur , il s'évanouit.

Cependant Othon victorieux faisait
chercher de tous côtés ses fils et ses
amis les plus fidèles. Leurs corps sont
retrouvés sur le champ de bataille :
le comte est rappelé à la vie. Son lugubre récit se trouve en harmonie
avec la douleur d'Othon ; celui-ci
admire le dévoûment dont il est ani-
mé , mais l'exécution de ses promesses
lui paraît impraticable. Il conseille à
Guiffre d'aller aux pieds du pape se
faire relever d'un pareil vœu. Guiffre
compte y aller chercher l'absolution
de son fratricide ; et quant au reste

il consultera sa femme, c'est d'elle
qu'il attend de généreux et de sages
conseils. Elle arrive avec Adélaïde ;
l'une et l'autre étaient dignes de consoler leurs époux ; elles les rappellent
à leur ancienne énergie. Les besoins
de l'état sont pressans, et la douleur
est comme ajournée. Bérenger avait
quitté Saint-Jules où il se trouvait
trop près du théâtre de la gloire d'O-
thon ; il s'était renfermé dans Monto-
Seltro, et de là il en appelle à la nation. Une diète générale a paru nécessaire pour déposer Hugues de
Provence, il invoque le même privilége ; ce n'est pas d'un vainqueur que
doit légitimement émaner sa chute,
et il exige qu'Adélaïde se soumette

avec lui au tribunal des barons : elle
y consent. La diète est convoquée
dans Pavie. Bérenger imagine comme
Hugues, d'y envoyer son fils ; et
pour lui donner de nouveaux titres à
plaider sa cause, il le fait reconnaître
pour son successeur par ce qui lui
reste de partisans. Toutes ces précautions sont vaines ; l'amour qu'inspirait
Adélaïde, l'admiration qu'inspirait
son nouvel époux, l'emportent sur
les brigues du duc d'Ivrée. Lui-même
a tracé la route, a marqué l'heure
de leur triomphe ; Othon est reconnu roi de Lombardie. L'arche-
vêque de Milan vient le consacrer,
et ce fut dans cette occasion qu'il
alla chercher dans les archives de

son chapitre la couronne de fer des premiers Lombards ; cette couronne que leurs monarques encore agrestes avaient apporté dans la délicieuse Italie lors de leur victorieuse irruption, et que l'on avait conservée comme un monument de leur ancienne rusticité. L'aspect de cette couronne exalta l'esprit national et mit le comble au crédit d'Othon. Ce succès lui en procura bientôt un autre ; le fils d'Albéric gouvernait à Rome sous le double titre de patrice et de pontife ; il engage Othon et Adélaïde à venir dans cette ancienne capitale du monde, et peu après il place sur leur tête la couronne impériale qu'Othon méritait comme Charlemagne, (dont

Adélaïde descendait) par l'éclat de
ses actions et de son génie.

Je ne pousserai pas plus loin le
récit des prospérités de ces deux
époux : il en est deux autres que j'ai
trop souvent abandonnés, peut-être
entraînée comme le reste du monde
par le prestige de la gloire et de la
grandeur. C'est la vraie grandeur, la
véritable gloire qui me rappellent et
qui doivent seules occuper les der-
nières pages de cette histoire. Je ne
veux plus que mes lecteurs perdent
de vue Guiffre et Guila qui, après
avoir accompagné Othon et Adélaïde
à Rome, après avoir conféré avec le
pape et obtenu sa bénédiction, se
sont séparés de leurs souverains, de

leurs amis, auxquels ils n'étaient plus
utiles. Guiffre connaissait bien sa
femme et n'en avait pas trop présumé :
aussi tendre que magnanime, elle
avait souscrit aux sermens faits par le
comte à son frère expirant, à son
frère coupable et privé par ses mains
du fruit de son tardif repentir. Elle
comprit l'horreur dont il était pénétré
par l'idée d'être non-seulement le
meurtrier de ce frère, mais l'auteur
de sa réprobation éternelle. Exaltée
par l'opinion que Guiffre avait con-
çue de sa grandeur d'ame, elle promit à son tour de prier pour le criminel, qui l'aurait été moins peut-
être s'il ne l'eût pas tant aimée. Elle
trouva des charmes à penser que si

Guiffre lui-même avait quelqu'expia-
tion à faire, elle y contribuerait en
souffrant et en priant avec lui. Le
monde, le bruit, les plaisirs n'avaient
point pour elle des attraits aussi puis-
sans que l'image d'une union aussi
sublime, que le bonheur de prou-
ver son parfait dévoûment à l'époux
qu'elle chérissait. Tous deux se rendirent à Canosse, où ils avaient laissé
le petit Bonifacio leur fils entre les
mains de son aïeul. Le vieux comte
de Cerdagne avait fini sa carrière; et
ce fut auprès d'Azzon que Bonifacio
fut déposé pour y recevoir une éducation plus soignée qu'on n'aurait pu
la lui procurer en Cerdagne. Ils
étaient encore à Canosse, lorsque

Azzon reçut de l'empereur le titre de duc de Reggio et de Modène. Adélaïde arrivée au faîte de la splendeur et de la puissance, s'occupait du soin de récompenser dignement tous ceux qui l'avaient servie. Ni le pêcheur, ni le vieux ecclésiastique n'avaient été oubliés ; et son premier protecteur, son fidèle appui fut traité comme il méritait de l'être.

Guiffre et Guila le laissèrent dans les transports de joie et de reconnaissance que lui causait cette faveur. Ils allèrent à Cornélia retrouver de doux et de tristes souvenirs, semer de fleurs, arroser de leurs larmes la tombe de leurs vertueux parens. Bientôt ils commencèrent à s'occuper du

monastère qu'ils devaient ériger , et
pour lequel le pape leur avait accordé
tous les priviléges capables de les en-
courager. On retrouva l'endroit que
Jasper avait indiqué , cet endroit, non
pas le plus effroyable , mais le plus
sauvage de la montagne , qu'ombra-
geaient des bois épais, qu'entouraient
des précipices et des cavernes profondes , où il allait exhaler ses plaintes
et nourrir ses funestes passions. Malgré toutes les difficultés qu'opposait
la nature , un immense bâtiment y
fut construit. Ce ne fut point à l'imitation des basiliques de la Grèce et
de l'Italie ; l'architecture gothique ,
celle de la patrie de Guiffre et de
Jasper présida seule à ce simple et

majestueux monument. Une tour
carrée fut réservée au logement du
comte et de son épouse, et tous deux
d'un commun accord quittèrent le
château de Cornélia, renoncèrent
pour jamais aux palais de la Lombardie pour se retirer dans ce pieux et
solitaire asile. Ce fut là qu'ils donnèrent le singulier exemple de la pénitence jointe à une vie active et utile
au monde, de l'accomplissement
des devoirs sociaux et des pratiques
régulières de la plus haute dévotion.
Ils y passèrent ensemble vingt-cinq
années ; et Dieu ayant appelé Guila
la première à l'éternelle béatitude,
Guiffre acheva de remplir son vœu
en renonçant au gouvernement de

ses paisibles états, dans lequel son fils était d'âge à le remplacer, et en prenant l'habit monastique au mont Canigou.

Du moins Guila avait-elle assez vécu pour apprendre la défection complète de Bérenger, qui fut réduit à se remettre à la discrétion de son vainqueur, qui lui donna le fort de Bamberg pour prison. Il y finit ses jours plus paisiblement en apparence qu'il n'en était digne ; mais tourmenté probablement ou par les regrets d'une ambition déçue, ou par les remords que le souvenir de Lothaire devait exciter dans son ame. Son fils Adalbert se retira définitivement à Constantinople. Guila

2.

vécut assez pour voir son fils Bonifacio héritier du duché de Modène
et chéri du jeune Othon comme
elle-même l'avait été d'Adélaïde , y
réunir le duché de Toscane qui se
trouvait vacant. Guiffre , qui vécut
trente - cinq ans encore après sa
femme , vit son fils obtenir d'Adélaïde , nommée régente en Germanie , la main de Béatrix , petite nièce
d'Othon. Ce degré de prospérité
accordé à sa famille , la vie uniforme
et recueillie à laquelle il s'était consacré , la conscience d'avoir par ses
pieux sacrifices racheté l'ame de son
malheureux frère , prolongèrent ses
paisibles jours , et le conduisirent
ainsi au moment suprême qui le

réunit aux êtres chers qui l'avaient précédé dans un meilleur monde, et entr'autres à ce frère régénéré qui lui devait la vie éternelle.

Le monastère qu'il avait fondé ne perdit point de la célébrité qu'il avait acquise sous son règne. Les comtes de Cerdagne, et après eux les rois d'Arragon, y versèrent de pieux bienfaits, et les pélerins de toutes les parties de l'Europe y déposaient de riches offrandes. Ce ne fut que plusieurs siècles après la mort des deux époux, que l'on a placés au rang des bienheureux, que les religieux de St.-Martin (sous le vocable duquel le monastère avait été consacré) sollicitèrent et obtinrent du pape la grâce d'être sécularisés. Leur demande avait été fondée sur la rigueur des hivers dans une région si élevée , qui ne permettait pas à des hommes nés pour la plupart dans la douce température de la Cerdagne , d'y passer sans danger leur vie entière. Les ecclésiastiques de la province prirent alors l'habitude d'y faire à tour de rôle des retraites plus ou moins longues , plus ou moins fréquentes , suivant que leur obédience ou leur ferveur le leur prescrivait, et que leur santé n'y mettait point d'obstacles : mais la difficulté de l'abord , la chûte des toits et des acquéducs que l'on ne réparait plus , les privant d'âge en

âge de quelques-unes de leurs ressources, il devint chaque jour moins
possible de confiner des malheureux
dans un lieu d'exil où ils prétendaient
avoir à souffrir de toutes les intempéries de l'air, de toutes les rigueurs
du froid ; de la soif et de la disette.
En 1763 , ils obtinrent enfin du
pape la suppression du monastère,
qu'ils abandonnèrent à la faulx du
tems , à la furie des tempêtes ; et la
plus destructive de toutes , la révolution française , porta les derniers
coups à ce monument. Les paysans
des environs allèrent , m'a-t-on assuré, dans un instant de délire,
jusque sur ce mont escarpé chercher ce bâtiment désert , ils ache-

vèrent de le ruiner, uniquement
parce qu'il avait été l'asile de quelques prêtres. Mais tel qu'il subsiste
encore, il continue en raison de son
origine et de sa singulière situation,
à être un objet de curiosité pour les
voyageurs ; et après avoir exquissé au
gré de mon imagination, ou plutôt
suivant mon cœur, les motifs qui
ont déterminé Guiffre et Guila à
l'ériger et à s'y consacrer à Dieu, je
vais tracer un tableau plus stricte-
ment exact de son état présent, et
associer le lecteur à mon pélerinage.

De Perpignan à St.-Martin du
Canigou, l'on suit d'abord la route
de Prades, la seconde ville du Rous-

sillon, et qui semble poser la limite entre la plaine et le pays des montagnes. Cette route d'abord assez nue, devient comme presque toutes les autres plus agréable à mesure que l'on s'éloigne de Perpignan soit à l'est, soit au midi. De Prades on se rend à Villefranche, dominée par un fort qui couronne un mont escarpé : ce mont, dépouillé de verdure, est creusé de grottes profondes dont la principale, nommée Cava Bastera, est remplie de stalactites d'albâtre et de cristal. La Têt, qui prend sa source au loin sur les confins du département de l'Arriège, et qui traverse le Roussillon dans sa plus grande étendue avant de se

jetter à la mer, roule aux pieds des
fortifications entre des blocs de marbre brut, et reçoit le tribut d'une
petite rivière qui arrive après maints
détours des flancs même du Canigou. A mesure que l'on s'éloigne de
Villefranche le paysage s'embellit,
les montagnes prennent une forme
moins terrible, une teinte moins
austère; et le lit de la petite rivière,
quoique fort encaissé, se garnit
d'arbres de diverses espèces, qui
donnent un charme particulier aux
légères cascades qui interrompent
souvent son cours. Cornélia est le
premier village que l'on rencontre
après Villefranche, et le vallon où
il est situé justifie la préférence que

les comtes de Cerdagne lui ont accordée. D'un côté, sur un pic
élevé l'on aperçoit les restes de la
tour Maure qui se perdent dans les
nuages ; de l'autre , des montagnes
moins rapides présentent sur leurs
sommets des bosquets de châtaigniers , et plus bas des tapis de
gazon , des rochers émaillés de
mille plantes qui rivalisent entre elles
par la variété de leurs couleurs , de
leur arome et par leurs bienfaisantes
propriétés. La petite rivière traverse
le fond du vallon , et de petits ponts
jettés de distance en distance sur
lesquels se penchent des arbres majestueux ou des guirlandes de chè-
vre-feuille , donnent à ces lieux

enchanteurs, qui ne doivent cependant plus rien à l'art, toute la grâce
et l'élégance des jardins que l'on
compose ailleurs à grands frais. Du
vallon on pénètre dans un grand bois
de châtaigniers où la scène change
tout-à-coup. On cesse de voir la
rivière, mais on l'entend gronder
au fond d'un ravin ; et l'on retrouve
ensuite en sortant du bois la rivière,
les montagnes, les rochers fleuris,
et dans le fond du tableau, les cîmes
neigeuses du Canigou.

Bientôt on aperçoit le clocher du
Vernet. Ce petit village n'est remar-
quable que par la variété des aspects
qui l'environnent, par ses eaux
minérales et son voisinage du mo-

nastère du Canigou. L'église du
Vernet est située près d'une vieille
tour que l'on dit avoir appartenu à
un chapitre de templiers. Du tems
des comtes de Cerdagne le village
était bâti sur l'autre rive ; il était
plus considérable, et il se nommait
Villalongue ; une forte inondation
l'emporta. Près du chapitre se trouvait une chapelle où le pasteur de
Villalongue recueillit ses ouailles
dispersées. Elles transportèrent les
débris de leurs chaumières autour du
lieu où elles venaient prier , et le
nouveau hameau prit le nom du
Vernet , de la quantité de vhernes
ou aulnes dont cet endroit est ombragé. C'est une croyance popu-

laire que la plus grosse pierre de la tour se fendit d'elle-même avec un horrible fracas, au moment précis où le grand maître Molay expira au milieu des flammes. On dit encore qu'il n'y a pas plus d'un siècle un cultivateur découvrit, sur le chemin de la fontaine de S.t-Jean, un cercueil de granit contenant le corps d'un chevalier revêtu de son armure, que l'on pense avoir appartenu à l'ordre des templiers. Cette fontaine, renommée pour la pureté de ses eaux, jaillit d'un groupe de rochers, à l'ombre des aulnes et de quelques châtaigniers ; coule d'abord comme un faible ruisseau et, attirant à elle des sources nombreuses,

va grossir la rivière , qui quelquefois, lors de la fonte des neiges ou
dans les pluies surabondantes , se
transforme en torrent et retrace aux
villageois alarmés l'incident qui vint
jadis éteindre et engloutir le foyer
de leurs ancêtres. Enfin , en face
du village s'élève le mont Canigou
lui-même ; et quand le soleil ne
darde pas sur le sommet glacé de la
joyeuse montagne , l'œil peut errer
dans les régions moyennes , et découvrir la tour qui fut la demeure
pénitente de Guiffre et de Guila.

On monte. Le sentier est ombragé
par des tilleuls. Autrefois ce côté du
Canigou était entièrement couvert
d'arbres d'une hauteur et d'une

beauté rares : ils ont été successivement éclaircis, et l'on n'en rencontre
presque plus une fois que l'on a
dépassé le petit hameau de Castell.
De ce moment aussi la pente devient
plus rapide, la route plus rabo-
teuse, mais elle est dessinée avec
art ; et jadis elle était fort unie et
bordée partout d'un parapet. On
accuse les moines d'avoir laissé
amonceler les blocs de rochers, les
masses de terre, détachés par les
orages, comme d'avoir laissé dé-
grader les conduits, les citernes,
les toîts, les fermetures, afin d'avoir
à fournir des prétextes plus spécieux
pour obtenir leur sécularisation, et
définitivement la suppression du mo-

nastère. Depuis cette dernière époque on juge bien que le chemin
doit être encore plus obstrué. La
partie des bâtimens la mieux conservée est la tour où résidèrent les
fondateurs. Leurs images ont été
grossièrement peintes à fresque sur
les parois. Cette tour touche à l'é-
glise , et les moines n'ayant pas par
respect voulu l'habiter après la mort
de Guiffre, ils l'ont fait servir de
clocher.

L'Eglise est bâtie en voûte , et
repose sur un double rang de piliers. L'église souterraine est creusée
dans le roc vif ; elle est froide , sombre et humide , environnée intérieurement de niches sépulcrales.

Les salles de réception, de récréation et le réfectoire, dominent sur une scène vraiment magique, formée par la variété des montagnes qui font face à celle du Canigou, par les effets de lumières, par la perspective du vallon ; et du balcon l'on est suspendu sur un profond abîme hérissé de pointes de granit. Des terrasses, des balustrades, enfin des traces de décoration et d'intention, même dans la position des arbres et des gazons, indiquent les anciens jardins du couvent. Les roses, les jasmins, non-seulement reparaissent dans ces lieux qui furent autrefois leur empire, mais ils ont envahi de proche en proche jusqu'aux décombres, et fleurissent comme les simples dans le désert. Cependant ces ruines, quoiqu'intéressantes, n'ont pas ce sublime aspect que la main du tems imprime lentement à ses ouvrages. Cet édifice renversé presque tout-à-coup par la démence révolutionnaire, est démoli plutôt que dégradé : il n'imprime point seulement ce mélancolique souvenir qu'on y va chercher au nom de ses fondateurs : il nous atteste malheureusement qu'il n'est point de région assez inaccessible où la fureur des humains ne puisse atteindre.

Un peu au-dessus du monastère, on voit avec un doux plaisir les res-

tes d'un petit ermitage : il touche à
deux jolies grottes , autrefois ta-
pissées de clématite , de capillaire
et de saxifrage. C'était la retraite
chérie de la comtesse ; elle rempla-
çait pour elle ce que les dames de
son tems appellaient une closette ,
ce qu'elles ont depuis nommé leur
boudoir. Sans doute si Guila , comme j'aime à le croire , connût tous
les sentimens tendres et purs que
je me suis plue à lui prêter ; sans
doute sous ce lambris de fleurs elle
ne regretta point les trophées et la
dorure des palais ; mais les voyageurs
qui visiteront désormais son secret
asile , ne pourront plus apprécier
que par conjectures les champêtres

délices qu'il lui offrait ; tout récemment on y a fait jouer la mine, pour en détacher l'amiante dont les échantillons argentés brillaient sous la verdure. Cette commotion en a expulsé au moins pour quelque tems la végétation ; et elle est mal remplacée à bien des yeux, par les veines éclatantes dont le rocher se trouve aujourd'hui nuancé.

En descendant de l'ermitage, plus bas même que le monastère, et dans un endroit abrité des brises du nord, on trouve une grotte plus vaste que l'on appelle encore la grotte du comte, parce qu'elle était aussi particulièrement affectionnée par lui que les autres l'étaient par

sa femme. Ce n'était pas pour y
goûter des plaisirs solitaires, et long-
tems après lui les moines ont continué de fréquenter cette salle naturelle, d'y faire porter leurs repas
dans les beaux jours : on mettait les
boissons rafraîchir dans un bassin,
formé d'une eau limpide, au fond
de la caverne ; des siéges nombreux
et commodes ont été taillés dans le
roc, et l'entrée était jadis ombragée
par des frênes et des sycomores
d'une prodigieuse hauteur. C'était-
là le théâtre des délassemens du
comte et des ses bons compagnons ;
ce fut ensuite celui des récréations
de tous les baigneurs du Vernet. On
allait volontiers dîner ou goûter dans

cette belle solitude ; les paysans qui
ont étendu leur culture jusqu'à
cette hauteur du Canigou, préten-
dirent que quelques poignées d'épis
pouvaient souffrir des jeux et des
excursions des convives ; ils ont
abattu les arbres dans l'intention
positive de diminuer les charmes de
ce beau lieu ; ils ont sacrifié ces
dômes que l'on aimait à se repré-
senter comme les contemporains
de la gloire et de l'activité de ce
séjour. A leurs pieds, sous leur
ombre, que de générations avaient
passé ! là, une cour fidèle, un peuple affectionné, avaient assisté aux
joies innocentes d'un prince dé-
bonnaire, d'un héros modeste et

d'un saint. Ils s'élevaient encore
fiers de cette antique splendeur....
et la hache cruelle en a détruit
pour nous ce dernier gage.

En se rapprochant de Castell on
s'écarte volontiers de la route pour
aller visiter une autre fontaine, dont
les environs sont aujourd'hui plus
rians que ceux de la grotte du
comte; pour s'y rendre il faut sau-
ter de roc en roc, et traverser plusieurs fois le ruisseau qui descend
du Canigou; la fraîcheur que les
eaux de la rivière et de la fontaine
entretiennent dans cet endroit, les
beaux arbres qu'on y a laissés pros-
pérer, les rochers, le gazon, les
aromates, produisent un véritable

enchantement , surtout lorsqu'ils succèdent aux traces de destruction que l'on a trouvées au monastère ; et ces tableaux flatteurs , dont Castell est environné , manifestent ce que les environs de Saint-Martin devaient dans les beaux jours d'été offrir à leurs possesseurs , lorsque des soins assidus y secondaient encore la nature.

L'église de Castell , qui n'est d'ailleurs que l'église d'un petit village , est devenue recommandable par le dépôt qu'y firent les religieux de Saint-Martin des corps de leurs fondateurs , lorsqu'ils abandonnèrent le monastère ; ils ne voulurent pas laisser ces reliques gissantes

sans gardiens , sans culte et sans
honneur , dans ces murailles répu-
diées ; on ne voit plus dans l'église
souterraine du Canigou que la place
qu'elles y occupaient ; elles furent dé-
posées à Castell dans un sarcophage
de marbre , sur lequel les effigies
des deux illustres époux furent sculp-
tées , et leurs noms furent gravés
sur la voûte de la niche où le
sarcophage est placé. La statue du
comte le représente couvert non
de son froc, mais de son armure.
Lors de la révolution elle fût brisée
ainsi que le sarcophage : les deux
cercueils furent ouverts et les osse-
mens dispersés ; sans que l'on puisse
rendre compte des motifs d'une

semblable profanation : on raconte que les corps n'étaient presque point endommagés, et probablement ils étaient demeurés intacts tout le tems qu'ils avaient dormi dans le roc au Canigou ; l'on trouva sur les genoux de la comtesse le corps d'un petit enfant, qui par le rapport de l'âge ne pouvait guère être le sien, mais était peut-être un de ses petits fils, et ses innocentes mains étaient encore contenues par un ruban couleur de rose.

Les religieux ont fait don en même-tems à l'église de Castell d'un devant d'autel, réputé jadis magnifique, et brodé par la comtesse elle-même dans ses loisirs ; le fond

est une toile de lin, les ornemens
sont en soies nuées de diverses couleurs, formant des palmes et des
arabesques assez semblables à ceux
que l'on voit aujourd'hui sur les
schalls de cachemire, et dont le
goût pouvait alors avoir pénétré en
Cerdagne par le voisinage des mau-
res qui régnaient encore dans une
partie de l'Espagne ; on y voit aussi
des légendes, mais que personne
n'a jamais pu déchiffrer. Quant au
château de Cornélia qui devait bril-
ler autrefois d'une pompe souveraine, et qui fut même après l'ex-
tinction des comtes de Cerdagne
l'un des châteaux de plaisance des
rois d'Arragon, les ravages du tems

et de la guerre l'avaient complette-
ment renversé : un chapitre fort
riche devenu seigneur de Cornelia ,
fit servir les décombres à bâtir un
édifice plus modeste , qui depuis la
révolution a passé dans les mains
d'un simple particulier. Le château
n'est donc plus qu'une maison de
laboureur, le monastère n'est plus
qu'une mâsure.... voilà le sort des
plus solides monumens : heureux !
quand les hommes attachent aux
fragmens de leurs ouvrages un souvenir moins périssable, celui de la
bienfaisance et de la vertu.

LE CHÂTEAU

D'ENFER.

LE CHÂTEAU D'ENFER,

CHRONIQUE HOLLANDAISE.

« SAINTE Vierge Marie! dit la vieille Béatrix en faisant le signe de la croix, je ne vis de mes jours un pareil orage! Seigneur Hubert, je vous en prie, poussez un peu plus les volets. » Mais l'écuyer, les coudes appuyés sur la table et la tête entre ses mains, ne se dérangea point, ne répondit point; il n'avait entendu ni

Béatrix ni le tonnerre. Le jeune Fritz accoutumé depuis quelque tems à ces distractions de la part d'Hubert, se leva et satisfit aux vœux de la duègne. En retournant à sa place il heurta involontairement l'écuyer, qui revenant un peu à lui les regarda l'un après l'autre. « Non, répéta Béatrix, je n'ai jamais vu d'orage aussi violent !—Ceux que les passions élèvent dans le cœur des hommes sont bien plus dangereux encore, dit Hubert en changeant d'attitude ; mais pour vous, madame Béatrix, vous n'avez sûrement jamais connu les passions ?—Comment l'entendez-vous ? demanda-t-elle, et une teinte de vermillon colora ses joues véné-

rables. — J'entends , reprit Hubert ,
que jamais un désir impur ne pénétra dans votre ame , que l'odieux
mensonge n'a point souillé vos lèvres;
que jamais un penchant plus fort que
la raison , la vertu même , ne vous a
entraînée dans le précipice malgré
vous. — Oh ! non jamais , grâce à
Dieu ! répondit la bonne ; et elle fit
encore un signe de croix , soit à cause
du discours d'Hubert , soit à cause
d'un nouvel éclair. — Eh bien ! ré-
partit Hubert , puisque ton cœur est
bon , puisque ta conscience est pure ,
pourquoi donc crains-tu l'orage ? tu
pourrais sans danger comparaître devant l'auteur de ton être. Laisse le
méchant , laisse le faible frémir à l'i-

dée de sa destruction ; ah ! sans doute
l'Eternel ne fait gronder la foudre
que pour porter l'épouvante et le remords dans son ame ! » En cet instant la porte s'ouvrit, et la figure
d'un ange parut sur le seuil : tout le
monde se leva. « Ma bonne Béatrix,
dit la jeune comtesse d'une voix douce,
où êtes-vous ? que faites-vous ? Je
sais que vous avez peur du tonnerre
et je craignais que l'on vous eût lais-
sée seule. — Non, madame, répondit Béatrix, le seigneur Hubert et
Fritz ont bien voulu me tenir com-
pagnie. » Et la comtesse tourna ses
grands yeux bleus sur Fritz et sur
Hubert en signe de remercîment. Ce
dernier tenait sa toque à la main, il

là laissa tomber dans son trouble, et la ramassa avec une sorte de honte. « Venez, dit la comtesse, allons tous rejoindre ma belle-mère qui alarmée par l'orage, est allée prier sur le tombeau de son premier époux. » Hubert s'avance avec autant d'empressement que de respect. Ancien écuyer du comte de Nienoort, insensiblement il avait changé d'emploi ; il était alors entièrement dévoué à sa femme. La nature n'avait point été précisément avare envers Gertrude, comtesse de Nienoort, mais elle lui avait aveuglément réparti ses faveurs. Sa tête ornée d'une blonde chevelure, sa tête dont les traits délicats exprimaient si bien la douce sensibilité de son ame,

était placée de côté sur un corps faible, petit et souffrant. Ce malheur
l'avait rendue plus chère à ceux qui,
comme Béatrix, avaient élevé son
enfance ; et lorsque le maître d'Hubert avait épousé Gertrude, Hubert
avait bientôt partagé la tendre compassion que presque tous ceux qui la
connaissaient ressentaient pour elle :
la langueur de ses regards, la blan-
cheur de son teint, le sourire mélancolique qui effleurait habituellement
ses lèvres, cette timidité qui résultait
de la conscience qu'elle avait de sa
disgrâce, avaient même fait sur Hubert une impression plus profonde
que sur tout autre. Il eût voulu la
porter, pour lui épargner la fatigue

qu'elle éprouvait en marchant : cha-
cun des mouvemens irréguliers qu'elle
faisait en s'appuyant sur lui répondait
à son cœur et le déchirait. Il se prê-
tait avec tant d'attention à ses efforts et
étudiait si bien sa démarche inégale,
que Gertrude en prenant son bras,
croyait en quelque sorte compléter
son existence. Ce bras, son guide
accoutumé, était donc devenu comme
une portion d'elle-même ; elle s'y re-
posait avec cette confiance, avec cet
abandon qui naissent de la propriété ;
et quand une autre personne s'offrait
pour la conduire, elle ne disait pas :
« Non, je veux le bras d'Hubert,
mais, je vais prendre mon bras. »
Fritz passa le premier, portant la

lampe ; Béatrix se tint modestement
en arrière : on avançait lentement ;
et à chaque pas que faisait Gertrude,
sa tête inclinée se rapprochait naturellement de l'épaule de son écuyer.
On parvint par une longue galerie
jusqu'au milieu du cimetière où était
située la chapelle du petit Château.
L'autel était illuminé ; et conformé-
ment au vœu de la veuve du défunt
baron de Leech et Metwold, il devait toujours l'être, jusqu'au moment où elle aurait été le rejoindre
dans le tombeau. Ce tombeau en
marbre noir, placé sur un des côtés
de la chapelle, était revêtu d'un cou-
vercle de marbre blanc, sur lequel
deux figures couchées représentaient

le baron et son épouse. Celle-ci prosternée au pied du monument, ne se distinguait presqu'en cet instant de sa froide et pâle effigie que par les pleurs qu'elle versait en abondance... et cependant cette femme désolée n'était déjà plus la douairière de Metwold..... C'était la baronne de Kniphausen (1).

Elle était accompagnée de l'artiste italien Pétrucci, celui qui avait construit ce superbe mausolée. Tout en priant, il admirait l'effet inimitable des éclairs brillant à travers les vitraux coloriés de la chapelle ; mais

_____

(1) On prononce Knipausen , Ninorte.

enfin le tonnerre s'appaisa , les nuages se divisèrent , les habitans du
petit château de Meiwold rentrèrent
dans leurs appartemens pour s'y livrer au sommeil ; et l'orage ne gronda
plus que dans le cœur des méchans
ou dans celui du faible que les passions agitent, qu'un perfide cherche
à corrompre..... Tel était celui
d'Hubert.

Le défunt baron de Leech et
Meiwold , auquel on avait érigé un
mausolée si magnifique , avait été
l'un des plus nobles et des plus riches
propriétaires de la Frise ; mais il
n'avait point eu d'enfant ; et son plus
proche héritier était un de ses cou-
sins, plus âgé que lui , établi dans

son voisinage ; c'était enfin le sire de Kniphausen seigneur du château d'Enfer, manoir chétif, sombre et délabré, dont les ruines et l'indigence n'avaient fait qu'irriter encore l'orgueil offensé de son possesseur. Privé de fortune depuis sa naissance, brouillé avec son heureux cousin, veuf d'une femme aussi noble mais plus pauvre encore que lui, et qui était morte en donnant péniblement le jour à Gertrude, il n'avait vécu que pour veiller sur cet enfant, à qui tout semblait présager un bien rigoureux avenir. Des bois épais séparaient le château d'Enfer du reste du monde : ces bois qui sont peu communs sur le sol de la Hollande, indi-

quaient au loin le séjour du sire de
Kniphausen que d'ailleurs ils ca-
chaient aux regards des curieux; des
canaux d'une eau dormante entouraient les murailles dont des éboulé-
lemens successifs avaient diminué la
hauteur : aux confins du bois commençait un lac immense, dont les
autres rives étaient bordées de prés
fleuris, d'abondantes moissons ; en
face l'on découvrait la ville et le vaste
château de Leech ; mais le côté du
lac qui avoisinait le château d'Enfer
n'était fréquenté ni par les chasseurs,
ni par les pêcheurs, à qui le sire de
Kniphausen en avait interdit l'approche ; et la nature d'accord en
quelque sorte avec son humeur fa-

rouche, semblait l'avoir rendu pour
lui plaire le séjour des tempêtes et
des brouillards : des roseaux touffus
croissaient à l'ombre des chênes de
la forêt ; et le bruit des vents sifflant
sur leur cime se mêlait au glapisse-
ment des oiseaux aquatiques. Peut-
être ces images sinistres auxquelles le
château de Kniphausen devait probablement son surnom , avaient-elles
contribué à rendre plus sévère le caractère de son maître. Dès qu'il sor-
tait de son enfer , il lui semblait que
la prospérité de ses parens , de ses
rivaux, insultait à sa détresse. Et quand
on songe qu'au sein de cette téné-
breuse demeure , il sut toujours se
suffire à lui-même , on est tenté de

considérer comme de la grandeur
d'ame l'orgueil qui lui fit si long-tems
supporter la misère, et qui soutint
son courage.

Mais les mêmes objets ne produisent pas la même impression sur
tous les êtres : ces impressions va-
rient avec les caractères. Au sein de
ces ruines lugubres, au milieu des
privations de toute espèce, Gertrude
avait grandi sans avoir jamais connu
l'aigreur, ni l'envie ; elle n'avait
conçu ni le désir, ni l'espérance de
goûter jamais les douceurs que l'on
tient de la société, de la fortune,
jusqu'au jour où le bruit solennel
des cloches réunies de Leech et de
Metwold, vint porter au château

d'Enfer le premier indice de la mort
de son opulent cousin. Un émissaire
de la famille vint bientôt l'annoncer
en grand appareil au sire de Kniphausen, et l'inviter aux funérailles
dont il devait, comme héritier,
faire les tristes honneurs. Si cette
nouvelle imprévue causa quelque
joie secrette à celui qu'elle transpor-
tait en un instant du sein de l'indigence au faîte des grandeurs, il sut
du moins se respecter assez pour la
renfermer en lui-même ; et lorsqu'il
arriva, couvert de son armure, pour
se mettre à la tête du convoi funèbre,
sa physionomie aussi sombre que de
coutume, ne rompit point l'harmonie du cortége de parens et d'amis

qui déploraient la perte d'un homme estimable. Il conduisit la dépouille mortelle du baron à la dernière demeure qu'il s'était choisie, au milieu du cimetière de Metwold. Metwold était une maison de plaisance dépendante de la baronnie de Leech, qu'il avait, ainsi que sa femme, affectionnée toute sa vie : ils y avaient fait construire par l'artiste Pétrucci ce fameux mausolée que nous avons déjà décrit. Tous deux y avaient fait placer leur statue d'avance, comme un gage de leur éternelle fidélité, et ils avaient gardé l'artiste qu'ils avaient fait venir d'Italie pour accomplir ce bel ouvrage. Pétrucci assistait à cette triste cérémonie ; il leva les yeux sur

le sire de Kniphausen au moment
où, debout près de la tombe , il la
considérait d'un air austère : l'artiste
en fut frappé , cette pose resta gravée dans sa mémoire.... Il l'exécuta
un peu plus tard.

Le cortége revint dans le même
ordre au château de Leech , et se
trouva réuni dans la grande salle. La
veuve inconsolable , dont ces pénibles devoirs avaient presqu'excédé
les forces , allait se retirer dans son
appartement , lorsque le sire de
Kniphausen l'arrêta. D'une main il
saisit la sienne , de l'autre il lui
montra , ainsi qu'à l'assemblée , la
nombreuse collection des portraits
de famille appendus de tous côtés.

C'était un usage établi de tems immé-
morial dans la maison de Nienoort
(nom fondamental des branches de
Leech et de Kniphausen) : c'était
comme un arbre généalogique où
l'on retrouvait toute la suite de cette
noble race , et où l'œil d'un ama-
teur aurait pu observer en même-
tems les progrès de l'art, de siècle en
siècle. Parmi ces tableaux on en
voyait quelques-uns couverts d'un
vernis noir , emblème épouvantable
du malheur qu'avaient eu les ori-
ginaux d'attirer sur eux le blâme
public, et l'animadversion du chef de
la famille. Cet exemple terrible se
perpétuait d'âge en âge pour l'instruction de leurs descendans ; à cette

époque reculée, les lois, souvent trop faibles pour atteindre un coupable illustre, faisaient ressortir le mérite de cette institution particulière. « Madame, dit le sire de Kniphausen à la veuve éplorée, c'est devant cet antique monument de notre invariable amour pour l'honneur, que je vais vous imposer un sacrifice dont cet honneur peut dépendre. Devenu le dépositaire de la gloire de notre maison, je ne puis la laisser exposée aux caprices à venir d'une femme aussi jeune et aussi belle : le tems séchera vos larmes ; mais qui sait quel mortel est destiné à les tarir ? C'est pour prévenir cette époque, qu'au moment même où

vous venez de perdre un époux , je
veux vous en donner un autre. La
veuve du baron de Leech ne doit
pas déchoir ; et pour conserver à
la fois votre réputation et votre rang ,
c'est ma main que je vous propose. »
La baronne pousse un cri étouffé !
l'assemblée confondue reste muette
et attentive. « Ce n'est pas d'amour
que je veux vous parler , reprit le
sire de Kniphausen d'un air plus
sombre que de coutume , et comme
si ce nom lui eût fait mal à pro-
noncer ; la foi que vous m'allez donner ne portera point préjudice à
celle que vous avez jurée aux mânes
de mon cousin ; c'est un arrange-
ment politique , tel qu'il vous le

prescrirait lui-même du fond du tombeau : et vous, Gertrude, ajouta-t-il en s'adressant à sa fille, innocente et infirme comme vous l'êtes, vous pouvez être un jour la proie d'un imposteur ; l'immense héritage qui vous attend excitera la cupidité. Il n'est pas juste que cet héritage risque d'être dissipé par un étranger, ni qu'il sorte de la famille ; le dernier rejetton des Nienoort est d'un âge assorti au vôtre. Je sais que nous sommes tous parens ; mais voici notre primat auquel j'ai déjà fait part de nos projets, et qui consent à nous donner des dispenses. Le présent que je destine à la cour de Rome m'en assure la confirmation.

Approchez donc, Nienoort, et prenez la main de Gertrude : madame, pour un moment daignez me donner la vôtre ; c'est le primat lui-même qui veut bien bénir nos nœuds. »

C'est ainsi que sans avoir eu le tems de délibérer, sans avoir proféré à peine le consentement nécessaire, ces trois personnes se trouvèrent courbées sous le joug du sire de Kniphausen : et la veuve inconsolable, qui devait rester fidelle jusqu'à la mort, qui partageait déjà en effigie la tombe de son époux, passa immédiatement de la pompe funéraire à la cérémonie d'un autre hymen. Du reste, le sire de Kni-

phausen , rigide observateur de sa
parole , satisfait d'avoir réglé con-
venablement suivant lui les destinées
de sa famille , n'abusa point des
droits qu'il avait acquis sur la veuve
de son cousin. Prodigue de défé-
rences et de respects envers elle , il
se priva du plaisir d'habiter les trois
quarts de l'année le grand château
de Leech , afin de ne point l'éloigner
du tombeau de son premier mari : il
s'abstint même , pour ne point affliger
son oreille , de prendre le titre qu'a-
vait porté son cousin ; il appela toujours sa femme la baronne de Leech
et Metwold , et ne s'intitula jamais
lui-même que le sire de Kniphausen.
Mais plus noble dans ses procédés

que tendre dans ses affections , après
avoir assuré le rang , la fortune de
la baronne et de sa fille , il ne se mit
guère en peine du bonheur qu'elles
pouvaient trouver dans leur nouvelle
situation. Content de son ouvrage ,
tout occupé de ses possessions et du
gouvernement de ses vassaux , il
devait apprendre plus tard que la
fortune et le rang qu'il avait enviés
si long-tems ne préservent pas de
regrets encore plus amers ; que des
mesures trop sévères ont des consé-
quences quelquefois aussi fâcheuses
que la faiblesse : et que si la prévo-
yance et la fermeté sont des attri-
buts nécessaires à l'autorité pater-
nelle , l'indulgence et la lenteur à

punir lui sont aussi recommandées
par la nature.

Deux ans s'étaient écoulés ; et
nous avons vu par le commencement
de ce récit qu'ils n'avaient pas tari
les pleurs de la baronne ; mais
souvent elles avaient été essuyées par
la jeune comtesse de Nienoort,
dont l'ame sensible, ingénue, plaignait la compagne de son père,
sans oser jamais croire que ce père
eût des torts ; et qui végétait dans
ses propres chaînes , sans imaginer
qu'elle eût pu en former de plus
agréables. Inséparable de sa belle-
mère , elles employaient l'une et
l'autre leurs loisirs à travailler pour
les pauvres, tandis qu'Hubert , ex-

trêmement instruit pour ce tems-là
leur faisait d'ingénieux récits. Il leur
chantait des complaintes qu'il avait
apprises de différens ménestrels ; il
les accompagnait à la chapelle , où
il priait avec elles pour le défunt
baron , dans les chaumières où elles
allaient porter des bienfaits , dans le
parterre où Gertrude , appuyée sur
Hubert , se promenait tous les soirs.
Partout ailleurs elle n'allait guère
qu'en voiture. Des plaisirs si simples
leur suffisaient. Il n'en était pas ainsi
du comte de Nienoort : il avait passé
les premières années de sa jeunesse
au service militaire ; il avait perdu
ses parens de très - bonne heure et
dissipé bientôt son patrimoine , qui

n'était pas considérable. Le changement inattendu qui s'était opéré
dans sa fortune avait flatté d'abord
son ambition et ses goûts ; mais
quand il fut un peu refroidi par
l'habitude, l'examen sévère, si ce
n'est tout-à-fait injuste, qu'il fit des
imperfections de Gertrude, l'ennui
d'habiter avec deux femmes mélan-
coliques et un vieillard rigide et
absolu, éteignirent bientôt les premières émotions de sa reconnaissance. Il réfléchit que tôt ou tard ces
biens auraient pu lui revenir sans
qu'il lui en eût coûté si cher ; et il
finit par s'avouer à lui-même qu'il
eût mieux aimé hériter de sa cousine
que de l'épouser. Pour se soustraire

à la contrainte que son fier beau-
père lui imposait , autant que pour
jouir des biens qu'il avait acquis au
prix de sa liberté , il passait son tems
à la pêche , à la chasse , ou à Groningue , ville populeuse dont le
gouverneur tenait une cour bril-
lante. Mais tout-à-coup ces amuse-
mens frivoles cessèrent de remplir
tous ses momens : ce n'est pas qu'il
devint plus sédentaire , ni plus assidu
à Metwold ; non ; il passait également
ment les jours et la plupart des nuits
dehors ; mais le petit Fritz , son
page , à peine âgé de quatorze ans ,
l'accompagnait seul alors. Ce n'était
plus dans sa barque majeure , avec
tout l'attirail des filets qu'il parcourait

alors le lac ; Fritz dans une simple
nacelle, l'aidait seul à braver les
flots. Ce changement frappa secret-
tement Hubert : il interrogea Fritz
par pur attachement pour son maître, et sans imaginer que lui ni cet
enfant eussent rien à dissimuler.
Surpris du trouble où il l'avait jetté
par ses questions, surpris de l'am-
biguité de ses réponses, il s'abstint
de lui en parler désormais ; mais il
ne put s'empêcher de réfléchir à
cette conduite extraordinaire, de
gémir sur l'abandon où vivait Gertrude ; et un pressentiment funeste,
une inquiétude vague, mais conti-
nuelle, se mêlaient malgré lui à la
curiosité qui le tourmentait.

Dans une de ces fêtes solennelles
où le sire de Kniphausen toujours
sévère observateur des coutumes et
des bienséances, réclamait au château de Leech la présence des deux
dames et celle de son gendre, celui-
ci parut à Hubert étrangement triste
et préoccupé. Ordinairement dans
ces grandes occasions, satisfait de
trouver chez lui du monde et d'y re-
présenter, il restait un peu plus dans
sa famille ; mais cette fois ni la pompe,
ni les banquets, ni la gaîté des convives, ne firent impression sur ses sens.
A peine pouvait-il par décence com-
poser un peu son maintien, et rester
en public l'espace de tems prescrit
par les formalités de la société. Il ne

commençait à respirer que lorqu'il
voyait arriver l'heure où il pouvait
sans affectation se dérober à tous les
yeux. Hubert qui l'observait depuis
quelques jours, impatient d'en savoir
davantage, le suivit de loin un après-
dîner. Le comte se rendit avec empressement sur les bords du lac où
Fritz l'attendait déjà ; mais un vent
impétueux agitait toute la surface de
l'onde, et Fritz lui fit remarquer avec
terreur les avant-coureurs de la tempête; il lui parla long-tems avec action
pour le détourner d'un voyage dont il
devait partager les périls. Le comte
hésita d'abord, consulta le ciel, les
eaux, mais plus encore ses désirs se-
crets ; et il finit par se jetter dans la

barque ; Fritz résigné à son sort y
descendit à son tour ; mais la barque
emportée subitement par un tourbil-
lon , pencha , se remplit , et sombra
sous les yeux d'Hubert à quelques
brasses du rivage. Hubert s'élance du
lieu où il avait contemplé cette scène,
il plonge dans le lac et rencontre d'a-
bord le petit Fritz qu'il porte évanoui
sur le sable. Il allait retourner chercher son maître lorsque celui-ci at=
teignit le bord ; et plus occupé de la
contradiction qu'il éprouvait que de
son naufrage et de la vue du pauvre
Fritz étendu sans connaissance , il
maudit cent fois les élémens , porta
constamment ses regards sur la rive
opposée , trop éloignée pour qu'il

pût, malgré ses efforts, y distinguer
aucun objet, et rentra enfin au château pour changer d'habits. Hubert
chargea Fritz sur ses épaules et le
porta chez le concierge, où il revint
à la vie. Hubert ne l'interrogea point,
mais il remarqua que Fritz questionné
sur son accident par tous les gens du
château, répondit seulement qu'en
voulant promener le comte sur l'eau
il avait fait tourner la barque.

Une promenade sans but, sans
motif, pouvait-elle inspirer un intérêt si vif ? Qu'est-ce donc que M. de
Nienoort allait chercher à l'autre
rive ? C'est ce qu'Hubert ne voulait
pas demander à Fritz, mais ce qu'il
se demanda cent fois quoiqu'inutile-

ment à lui-même. Levé le lendemain
avec le jour, il parcourait en réflé-
chissant les galeries qui tournaient
autour du château, lorsqu'il aperçut
une figure immobile en face du lac,
et adossée contre un des piliers. Il
s'en approcha et reconnut M. de
Nienoort, enseveli dans une rêverie
si morne et si profonde qu'Hubert
en fut affecté. Il se retirait par respect, mais M. de Nienoort le rappela. « Hubert, lui dit-il sans cour-
roux, mais d'un ton de tristesse
amère, Hubert, si ce n'est pas la
malignité seule qui t'engage à épier
mes actions, si tu conserves quelque
attachement pour ton maître, aide-
le à sortir du désespoir dans lequel il

est plongé. Ah ! que ne suis-je né
parmi les animaux les plus sauvages!
pourquoi le ciel, en donnant aux
hommes un cœur sensible, leur a-t-il
permis de se forger des lois absurdes
pour se désoler eux-mêmes! Hubert,
je l'aime,.... et j'en suis adoré. Hier,
tout hier, retenu loin d'elle par la
tempête, aujourd'hui privé de mon
confident, de mon guide, je comp-
terai deux jours sans l'avoir vue ! et
ses alarmes surpasseront peut-être
encore ma contrariété. Hubert, que
je la voie un seul instant avant que
l'heure ait rassemblé les habitans du
château! Toi seul tu peux secourir
ton maître, tu peux remplacer Fritz,
me servir, me plaindre et me garder
le secret. »   14

Tout disait à Hubert que ce secret était dangereux et coupable ; mais Hubert était sensible et docile. Sans avoir la force de rien répondre , il tourne vers le rivage. Le comte transporté de joie l'embrasse , l'entraîne , le nomme son sauveur, le sauveur de Ludovica ! Les airs étaient calmés, ils s'embarquent sans péril , et d'après les indications du comte , Hubert dirige leur esquif vers la plage humide et déserte qu'ombrageait le bois du château d'Enfer.

Il vit un espace marécageux sur lequel une cabane de roseaux était bâtie ; une femme était à genoux sur le bord de l'eau , qui dès qu'elle put reconnaître le comte poussa quel-

ques cris d'allégresse et s'évanouit.
M. de Nienoort incapable de se con-
tenir à cet aspect, se jeta dans l'eau,
pour rejoindre plutôt sa bien-aimée.
Il l'enleva dans ses bras, la porta
dans la cabane, dont Hubert s'approcha après avoir attaché son bateau sur
la rive. Il n'entra point par respect,
mais il vit son maître rappeler cette
jeune personne à la vie, de concert
avec une vieille femme dont les discours hypocrites perçaient le cœur de
M. de Nienoort de part en part. « Voilà vingt fois depuis hier que je la vois
en cet état, disait-elle, dès le matin
elle était sur le bord à vous attendre ;
le soir elle y restait encore ; au point
du jour elle m'est échappée pour re-

tourner sur la plage ; elle a passé la
journée sans nourriture ; et quand je
lui représentais sa folie , elle ne me
répondait que par des cris et des
pleurs. Vous serez cause que je per-
drai ma fille ; avant de vous connaître
elle était si gaie , si heureuse malgré
notre pauvreté ! Le rang auquel elle
pourrait prétendre , les injustices que
j'ai essuyées n'étaient rien pour elle ,
n'altéraient point son repos ni son
enjoûment : hélas ! aujourd'hui elle
n'y pense pas davantage , mais son
enjoûment , son repos n'existent
plus ; une passion fatale lui a tout
ravi..... » La jeune personne en revenant à elle-même interrompit la
vieille ; et aux reproches de celle-ci

succédèrent les tendres protestations
d'une amante , à qui un instant de
bonheur présent fait oublier un siècle
d'infortune. Le comte trop accessible à tous ces genres de séduction ,
déchiré par les rapports de la mère ,
énivré par les transports de la fille ,
se prosternait devant toutes les deux
l'une après l'autre , prenait leurs
mains entre les siennes , demandait
grâce pour les liens qui l'enchaînaient ,
et s'accusait d'inspirer un amour
qu'il ne pouvait pas couronner. Il
conjurait Ludovica de l'aimer moins ;
mais Ludovica voulait aimer et mourir de cette ivresse. Le comte admirait ce dévoûment sublime, qui semblait exiger qu'il ne mît au sien au-

cune borne. Il demandait au ciel ce
qu'il pouvait faire pour justifier cette
ardeur, et pour signaler la reconnaissance dont son cœur était rempli. Ce sentiment surabondant et si
vivement irrité semblait comme un
torrent orageux prêt à briser toutes
les digues. Hubert désolé se hasarda
enfin à entrer dans la cabane, à re-
présenter à son maître que le soleil
avançait dans sa course, que son absence serait remarquée au château.
Les scènes du désespoir succédèrent
alors à celles du bonheur. Ludovica
resta à plusieurs reprises palpitante
ou pâmée sur le sein de son amant
qui ne pouvait se détacher d'elle.
La vieille s'entremit cependant pour

les séparer ; et tandis que Ludovica poussait des sanglots déchirans, le comte désespéré fut remis par Hubert dans la nacelle : il était au milieu du lac avant que ses transports fussent appaisés.

Ce ne fut pas sans un serrement de cœur affreux qu'Hubert revit la comtesse, cette épouse en secret offensée, dont la sécurité, la douceur, contrastaient si fort avec les agitations dont Hubert avait été témoin. Il ne pouvait supporter l'idée que cette créature angélique fût un objet d'horreur pour celui qui la possédait. Forcé le lendemain de faire avec le comte un second voyage, il essaya de faire valoir les

rares qualités de la comtesse, et de
parler des maux qui résultent d'une
passion criminelle et sans espoir....
il fut bientôt convaincu qu'une voix
plus éloquente que la sienne cher-
cherait elle-même en vain à ébranler
cette passion : il apprit que Ludovica se prétendait née en Allemagne
d'un prince souverain, qui avait
épousé secrètement sa mère. Per-
sécutées par son sucesseur, qui re-
doutait leurs droits sur cet héritage,
elles avaient fui, se tenaient cachées
dans les lieux les plus sauvages ; et
c'était dans une partie de chasse
qu'il avait découvert la cabane où
elle s'était réfugiée avec sa mère ; le
même instant, un même coup de

foudre avait embrâsé leurs sens :
l'idée d'une liaison innocente avait
séduit leurs cœurs ; mais cette liaison comme de coutume, avait exalté
leur amour au lieu de le satisfaire ;
et maintenant il fallait devenir
heureux ou mourir. Ludovica a-
vait par délicatesse rejetté constamment les bienfaits du comte :
c'était *avec peine* qu'il avait fait ac-
cepter à la mère de quoi fournir à
leur table, avec cette abondance à
laquelle elles étaient jadis accoutu-
mées ; de quoi meubler avec com-
modité la cabane, sous laquelle elles
s'obstinaient à se dérober à tous les
yeux. Douée de mille charmes qui
lui auraient fait tant d'amans et

procuré des protecteurs, Ludovica
chérissait la retraite, l'obscurité ;
mais uniquement adoré d'elle, M.
de Nienoort n'avait pu obtenir des
faveurs qu'il eût payées du reste de
sa vie. La *vertu* triomphait de l'a-
mour même dans le cœur de l'in-
comparable Ludovica. M. de Nienoort n'était plus libre ; ah ! s'il
l'eût été.... et Hubert ne put s'empêcher de frémir d'une vertu qui
reprochait au ciel l'existence de la
comtesse, et portait son époux à en
désirer la fin. Hubert s'estima trop
heureux lorsque Fritz, en pleine
convalescence, put reprendre auprès de son maître les fonctions de
confident : il espérait ne plus en-

tendre parler de Ludovica ; mais il
ne pût arracher de son ame l'horreur que cette femme, ou artifi-
cieuse, ou déhontée, lui inspirait,
et les alarmes qu'il concevait pour
l'avenir.

Retourné depuis long-tems à
Metwold, Hubert observait chaque
jour avec une nouvelle inquiétude,
l'altération toujours croissante des
traits, de l'humeur de son maître.
L'égarement, la férocité même se
peignaient quelquefois dans ses regards, surtout quand il les portait
sur Gertrude ; rien apparemment
n'était venu interrompre le cours
de sa passion, et rien ne pouvait
changer sa destinée. Gertrude à

vingt ans, calme et entourée des
soins les plus tendres, ne faisait
point prévoir au comte une prompte
délivrance : il paraissait trop malheureux pour penser qu'il eût triomphé des scrupules de son amante.
Que voulait-elle donc, cette femme
dangereuse qui ne savait ni se dérober à l'amour, ni lui céder ? . . . .
comment le comte sortirait-il de
cet état d'angoisses et de frénésie ? . . .
Hubert n'osait s'appesantir sur ces
questions : mais le repos avait fui
de son ame ; souvent il errait seul
dans les corridors de Metwold., ou
sous les arbres silencieux du cimetière ; préoccupé de l'attente d'un
grand malheur, de la possibilité de

quelque crime. Un spectre, visible
seulement pour lui, semblait planer
sur l'asile de cette famille révérée :
Hubert était déjà malheureux, et
cependant Hubert n'était pas coupable ! mais un coupable vivait à
ses côtés, et semblait infecter l'air,
autrefois si pur et si suave, qu'il respirait avec lui.

Un soir, quelque tems après la
prière que l'on faisait habituellement
sur le tombeau du baron de Leech,
Gertrude s'aperçut qu'elle avait oublié son beau missel, écrit par
Hubert et peint par Pétrucci. L'é-
cuyer courut à la chapelle pour l'y
chercher : quelle fut sa surprise de
voir le comte, qui n'y paraissait pres-

que jamais, prosterné cette fois sur
les marches du mausolée. « O toi!
disait-il en s'adressant à la froide
dépouille de son cousin, toi! qui
n'as connu que le bonheur durant
ta vie, bénis le ciel qui t'a fait disparaître avant que les passions aient
étendu jusqu'à toi leurs ravages ;
comblé de biens et d'honneurs, tu
aurais pu trouver quelque jour dans
ton propre cœur l'artisan de ta misère ; heureux qui comme toi, a
tout enseveli avant le tems dans le
tombeau ! que ne puis-je y prendre
ta place ! que ne puis-je dire à mon
tour, je ne souffrirai plus.... » Comme il achevait ces mots il aperçut
Hubert, qui cherchait à s'éclipser :

il l'arrêta, et serrant sa main dans
ses mains brûlantes, « ne m'aban-
donne pas lui dit-il, j'ai tant besoin
d'un ami ! tout est sourd à ma douleur, jusqu'au ciel même ! oui, l'on
dit que la prière nous calme et nous
soulage, depuis deux jours je prie
et je ne suis point soulagé ; mes
maux sont arrivés à leur comble :
je ne sais ce que l'enfer me prépare ! mais il faut, ou que je succombe, ou que je trouve un remède
au malheur dont je suis menacé.
La mère de Ludovica veut m'enlever sa fille : témoin des tourmens
qu'elle endure, elle pense que l'é-
loignement pourrait la guérir ; l'im-
prudente ne sent point que c'est

l'immoler de ses propres mains !
mais ne voyant aucun terme à l'en-
gagement qui me lie, elle veut rompre à tout prix mes rapports avec
Ludovica, dont elle craint d'exposer
trop long-tems le repos et la vertu.
Ludovica se refuse à cette absence :
plutôt que de me quitter et de vivre, elle ne veut me quitter que
pour mourir ; elle veut s'ensevelir
à mes yeux dans les eaux du lac !
dans le désespoir où m'ont plongé
les résolutions de la mère et celles
de la fille.... dans mon délire, enfin.... j'ai promis, ô Hubert ! que
pouvais-je promettre ?.... Combien
l'amour est insensé !.... oui, j'ai
promis.... de trouver un moyen de

changer notre situation réciproque; un moyen d'être libre et d'épouser Ludovica !.... en est-il un Hubert, en connais-tu ? est-il quelque loi religieuse ou humaine, qui puisse rompre le mariage que j'ai contracté ? » Hubert ne répondit point, car il pouvait à peine respirer. Ses genoux étaient prêts à fléchir ; il s'assit dans une stalle, et le comte ravi de se voir écouté, prit enfin un air moins farouche. Il garda durant quelques momens le silence et se promena à grands pas dans la chapelle ; puis, revenant au malheureux Hubert : « j'ai promis, reprit-il, que puis-je faire ? je ne puis ni laisser périr Ludovica, ni

me séparer d'elle ; mon mariage
doit être rompu : il le faut. Je pourrais, malgré les dispenses du primat,
trouver quelque prétexte dans la
précipitation avec laquelle il a été
contracté : je pourrais même allé-
guer que Gertrude, ne peut sans
périr s'exposer à devenir mère ; et
l'église réprouve des nœuds contrai-
res au but de la société et de la nature ; mais ces moyens ne sauraient
réussir si M. de Kniphausen y mettait obstacle ; s'il se croyait blessé
dans son orgueil, dans sa politique,
il défendrait le nœud, l'horrible
nœud qu'il a tissu ; et son crédit
probablement l'emporterait sur le
mien ; ou, si je parvenais à le rom-

pre malgré lui, je resterais sans
biens, et je n'aurais à offrir à Ludovica avec ma main, qu'une indigence presqu'égale à la sienne.
Ludovica l'embrasserait avec joie;
mais sa mère.... voudrait-elle voir
ruiner en un moment les espérances
ambitieuses qu'elle a fondées sur sa
fille ?.... non : il faut que M. de
Kniphausen consente à mon divorce
et me conserve sa fortune.... il faut
que je mette à profit ses idées exa-
gérées sur l'honneur : il faut.... qu'il
déshérite pour moi sa fille, qu'il la
renie.... — qu'il la renie ! s'écria
l'écuyer avec un mouvement d'indignation dont il ne fut pas le maître;
et comment parviendriez-vous à ce

comble d'iniquité ? grâce au ciel ,
c'est impossible ! — impossible ! répéta M. de Nienoort. Ah ! malheureux , si vous aimez Gertrude ,
priez plutôt le ciel que ce ne soit
pas impossible ! » Hubert sentit une
sueur froide inonder son front ; le
comte parut un moment comme
effrayé lui-même des images qui se
présentaient à son esprit , mais il
surmonta bientôt les murmures de
sa conscience ; et , résolu d'aller
jusqu'au bout , il reprit et pressa
de nouveau la main de son écuyer.
« Cher Hubert , lui dit-il , je t'ai ouvert mon cœur ; je ne suis plus ton
maître en cet instant ; ne vois en
moi que ton meilleur ami. J'ai droit

à ta confiance à mon tour ; mais
non ; je veux t'épargner l'embarras,
les difficultés d'un aveu. Depuis
long-tems, Hubert, j'ai lu dans ton
ame ; malgré les difformités de Gertrude elle a trouvé grâce à tes yeux:
j'en remercie le ciel ; car si je la dé-
teste depuis qu'elle est ma femme,
comme ma cousine je l'aimais.... et
je veux l'aimer encore. Il me sera
doux dans les chagrins que je lui
prépare, de lui donner un conso-
lateur tel que toi: elle te chérit de
son côté, je m'en suis bien aperçu,
je ne m'en suis jamais offensé. En
excitant contre elle le ressentiment
de son père, mon intention est bien
de l'y soustraire ; en obtenant ses

biens , je compte lui en décerner la
moitié. Tu la suivras dans la retraite,
que je veux lui préparer , je vous
unirai tous deux , et elle sera bien
plus heureuse avec toi qu'elle ne l'a
été de sa vie ; mais avant de faire
son bonheur , il faut la contraindre
à y consentir. Nous ne pourrions
sans danger essayer de lui faire goûter nos projets : il n'en est pas besoin ;
il suffit que nous soyons sûrs que
ces projets feront la félicité de tant
d'individus à la fois ; exécutons-les
avec courage : tu sais , ajouta-t-il en
baissant un peu la voix ; tu sais cette
petite porte qui communique de mon
appartement au sien ; par cette porte,
tu arriveras sans bruit au lit de Ger-

trude pendant son sommeil. J'irai trouver son père, je feindrai des soupçons jaloux, et.... — Le comte poursuivait toujours sans s'apercevoir qu'Hubert ne l'entendait plus; il fut interrompu en cet instant par la chute de l'écuyer, qui glissant de la stalle tomba sur le pavé de la chapelle. Le dôme en retentit : un cri se fit entendre.... il semblait sortir du mausolée.... L'heure était avancée, les ifs du cimetière projetaient autour du bâtiment leur ombre pyramidale. Cette chute, ce cri plaintif, l'obscurité, tout éveilla chez M. de Nienoort ces craintes superstitieuses auxquelles il est rare que le crime ne soit pas accessible.

Incapable de secourir l'écuyer il se sauva dans son appartement, où il se remit peu à peu, et continua de méditer ses complots.

Cependant cette voix qu'il avait réellement entendue, était celle du jeune Fritz, que Gertrude, étonnée de ne point voir revenir Hubert, avait envoyé à la chapelle. Fritz n'avait pas osé interrompre d'abord son maître, il l'avait écouté avec terreur. Il vint relever l'écuyer, il le rappela à la vie, et arrosa son visage de ses larmes ; car depuis qu'Hubert l'avait sauvé des eaux il lui était plus tendrement attaché. Dans ce premier moment, Hubert et lui se parlèrent de Ludovica sans

détour , sans déguiser l'horreur
qu'elle leur inspirait à l'un et à
l'autre ; mais Fritz était trop jeune
pour pouvoir donner des conseils ;
il était encore plus pénétré qu'Hubert de la soumission que tous deux
devaient à leur maître ; il ne put
que déplorer la maligne influence
sous laquelle ils se trouvaient placés.
Ils convinrent de garder un respec-
tueux silence , de taire ces affreux
détails , de dire que l'écuyer en
cherchant le livre de la comtesse
était tombé sur les marches du mausolée , et que le coup l'avait étourdi.
En rentrant à la maison il se mit au
lit ; mais Gertrude , instruite de cet
accident, vint le voir avec sa belle-

mère. Cette visite fit beaucoup de mal à Hubert. Quel aspect pour lui que celui de cette femme si touchante et si pure, dont un monstre méditait l'ignominie ; cette femme à la fois si chère et si vénérée, qu'un perfide venait d'offrir subitement à son amour !.... Un frisson parcourait les veines d'Hubert à ce dangereux souvenir ! Jamais cette ame simple, naïve, n'avait été ternie par un désir criminel : c'était le démon sans doute qui, sous les traits d'un époux infidèle, était venu lui présenter cette amorce.... Il eût la fièvre toute la nuit ; cependant il se leva le jour suivant, afin d'éviter à la comtesse la peine qu'elle aurait peut-être prise

encore de monter chez lui. Le soir
de ce même jour arriva ce violent
orage dont nous avons parlé au
commencement de ce récit. L'imagination d'Hubert était affectée ; cet
orage , lorsque sa préoccupation lui
permit de l'entendre , lui parût un
avertissement du ciel, lui parût surtout bien moins redoutable que celui qui grondait sourdement autour
de lui.

M. de Nienoort se trouvait en effet
plongé par la mère de Ludovica,
dans un état de crise dont il croyait ne
pouvoir plus sortir que par un crime.
Il fallait qu'il sacrifiât Gertrude ou
la femme dont il se croyait adoré ;
et malgré tous les scrupules que

l'innocence de la comtesse lui inspirait , sa perte lui semblait encore
préférable à celle de la tendre Ludovica. D'ailleurs , depuis qu'il avait
imaginé de confier à Hubert le soin
de consoler sa victime , il avait fini
par trouver qu'il s'acquittait de beaucoup envers elle : les délices d'un
attachement mutuel , que Gertrude
n'avait jamais connues , qu'elle semblait si peu appelée à jamais connaître , étaient une indemnité si
heureusement trouvée , qu'elle mettait la conscience de M. de Nienoort
presque en repos. C'était par de
semblables sophismes qu'il essayait
de subjuguer celle du malheureux
Hubert. Quand il voyait le peu

d'empire que ses raisonnemens ob-
tenaient sur son esprit, il s'abandonnait volontairement aux transports
de sa rage. Il n'était pas fâché
d'épouvanter Hubert, et il y réus-
sisait : il lui persuadait sans peine
qu'il était capable du dernier excès,
et que si les lois ne pouvaient le
débarrasser de Gertrude, il recour-
rait à un secret assassinat. Hubert
chercha long-tems, mais envain,
comment il pourrait la préserver de
ses embûches. Dénoncer la conduite,
la passion, les projets de son maître
à M. de Kniphausen, c'était une
démarche à la fois trop cruelle et
trop hardie, pour qu'Hubert osât
l'accomplir. M. de Kniphausen était

si imposant, le cas était si grave ; il ne
prendrait aucun ménagement, aucun
détour, l'accusation deviendrait pu-
blique : Fritz, l'unique témoin d'Hubert, serait contraint ou d'être délateur
à son tour, ou de trahir la vérité et
d'abandonner l'écuyer à tout l'odieux
d'une inculpation calomnieuse ; et
envers qui ? envers son seigneur et
maître, sur un fait dont il ne devait
la connaissance qu'à la confiance
sans bornes de laquelle il avait cru
l'honorer. Quelquefois, car il faut
tout dire pour développer le cœur
humain, quelquefois en écoutant le
comte, il lui semblait que le parti
suggéré pour sauver Gertrude était
le moins rigoureux encore.... Mais

c'était un éclair, une seule pulsa-
tion, et tout aussitôt un sentiment
d'horreur et d'épouvante lui faisait
jetter un cri et prendre la fuite,
comme s'il eût vu le dard d'un ser-
pent prêt à lui piquer le sein. D'autres fois, au moment où il sentait
le désir de révéler cette intrigue,
comme la seule voie qui lui fût ouverte pour détourner le coup mortel
dont Gertrude était menacée, M.
de Nienoort, qui venait de l'en-
durcir par ses menaces, le désar-
maît par ses pleurs. Accoutumé à
respecter ses maîtres, trop sensible
et trop bon pour ne pas plaindre
même un coupable dans ses souf-
frances, il avait pitié de l'égarement

qu'il condamnait. Il eût voulu servir M. de Nienoort et le consoler aux dépens de sa propre vie.... mais il reprenait toute son indignation, toute sa terreur , en songeant que celle de la comtesse était en danger.

Pour s'épargner tant de scènes déchirantes , tant de combats inutiles, Hubert prit le parti d'éviter le comte ; mais son ame n'en était guère plus tranquille. Ses traits eux-mêmes portaient l'empreinte des sinistres inquiétudes dont il était la proie ; et dix fois par jour les deux dames en remarquant sa pâleur et sa tristesse , en s'informant de sa santé , achevaient de le mettre à la torture. Cette petite porte dont le comte lui avait parlé, était toujours devant ses yeux : c'était par là qu'un époux forcené, la nuit, sans bruit et sans obstacle, pouvait parvenir jusqu'à sa victime.... L'impression qu'il en éprouvait était si forte, que lorsqu'il entrait pour son service dans l'appartement de la comtesse, il était obligé de tourner le dos à cette porte.

Le comte cependant, las de chercher Hubert et de le voir se dérober avec adresse à ses poursuites, de le voir même éluder les ordres qu'il lui donnait de venir le trouver ou de l'attendre, prit définitivement son parti ; et un soir, comme Hubert remontait à sa chambre, il trouva

M. de Nienoort embusqué sur son petit escalier. Suivez-moi, lui dit-il d'un ton si impérieux qu'il fit trembler Hubert, déjà tout ému de cette rencontre inopinée. Il obéit ; n'était-ce pas sa destination ! M. de Nienoort l'emmène dans son appartement. « Puisque mes raisonnemens, lui dit-il d'un ton grave, puisque mes instances et les témoignages d'une estime et d'une affection que vous ne méritez pas, n'ont pu ni vous convaincre, ni vous toucher, il faut y mettre un terme aussi bien qu'à mes tourmens. Je supprime ces vains discours que vous ne voulez plus entendre, et je ne dirai plus qu'un mot.... Hu-

bert !.... je suis à bout. » Il le saisit
par le bras , et lui fait voir la petite
porte fatale , déjà entr'ouverte. « Gertrude est là , lui dit-il , elle som-
meille , et quand vous la réveilleriez
pour la soustraire en ce moment à
ma fureur , un peu plus tard , la
nuit prochaine , rien ne peut la
dérober à mon pouvoir. Vous savez
si Gertrude est capable de se dé-
fendre ? (et il étendait devant Hubert un bras et une main formidables
qui le faisaient tressaillir) son lit sera
son tombeau : il suffira d'un léger
effort pour arrêter le faible souffle
qui soulève péniblement sa poitrine ;
et l'on croira sans peine qu'une suf-
focation naturelle a pu l'étouffer. Je

n'en dirai pas davantage, le tems des
débats est passé ; la porte est ouverte, Hubert, vous ou moi nous allons
la franchir. » Il fait un pas en avant.
Hubert, les yeux hagards, les lèvres tremblantes, sans oser crier,
le retient de toutes ses forces. « A la
bonne heure, dit M. de Nienoort,
je veux bien y souscrire encore. »
Et il pousse Hubert, qui avance
comme par ressort. Le seuil de la
porte est franchi, elle se referme,
et Hubert, dont le sang se glace
dans ses veines, entend pousser les
verroux. Le retour est impossible. Il
ne sait plus que devenir : à cette
heure, dans cette obscurité, car
l'appartement n'était éclairé que par

une petite lampe , comment sor-
tira-t-il de la chambre de sa maîtresse ? En sortir ?... et le lendemain
peut-être Gertrude n'existera plus !
et ce sera par sa faute , ce sera lui
qui l'aura condamnée.... Que fera-
t-il donc ? O mon Dieu !.... qui
pourra le secourir , le guider dans
ce labyrinthe inextricable ?.... Il
écoute : il n'entend d'autre bruit
que celui de la respiration de la
comtesse , accompagnée d'un son
faible et plaintif. Elle semble gémir
durant son sommeil ; un pressentiment douloureux vient-il l'avertir
des maux qu'on lui prépare ? Cet
accent pénètre au fond du cœur
d'Hubert , et lui arrache des pleurs

amers. Tout-à-coup un trait de
lumière vient le frapper ; il va courir
se jetter aux pieds de madame de
Metwold ; il s'abandonnera à ses
conseils , il lui dira tout....tout ?....
hormis l'insidieuse promesse par
laquelle son maître l'a voulu séduire : une pudeur secrette l'empê-
cherait d'articuler. C'est cette même
pudeur qui couvre son front d'une
rougeur brûlante , qui fait qu'il se
détourne en frémissant , comme si
à cette seule idée une pente glis-
sante se formait sous ses pas pour
l'entraîner au fond d'un abîme. Dans
cet instant surtout , dans cette situation pressante , cette idée plonge
ses faibles esprits dans un désordre

inexprimable. M. de Nienoort , il
n'en saurait douter, met actuel-
lement le tems à profit. Tandis
qu'Hubert se désole , l'exécution du
complot s'avance. Encore un moment peut-être , et s'il reste , Gertrude.... cette Gertrude dont il
entend la douce plainte , elle sera
sauvée , elle sera à lui.... à lui ?....
Il semble qu'un affreux fantôme a
passé devant ses yeux... Non , non....
il sortira ! et il se précipite vers
l'autre porte : mais le bruit de ses
pas a réveillé la comtesse ; elle pousse
un faible cri , et Hubert s'arrête
éperdu. A la lueur de la lampe elle
reconnaît Hubert, et l'inquiétude
succède immédiatement à la surprise.

« Bon Hubert , lui dit-elle , que venez-vous m'annoncer ? quelqu'un est-il malade ? » Elle lui tend la main. Hubert incapable de lui répondre , se laisse tomber sur ses genoux.

Au même instant la petite porte est brusquement rouverte , et M. de Kniphausen paraît suivi de sa femme, de son gendre , de tous les gens de la maison , auxquels le comte a couru dire qu'il a entendu l'écuyer parler dans l'appartement de Gertrude. Hubert saisi d'horreur voit dans toute son étendue la honte , le désespoir, dont on veut accabler sa maîtresse ; il va dévoiler cette imposture, il va tout braver ; M. de Nienoort d'un coup-d'œil a démêlé le danger ; il voit qu'il

n'a pu, même malgré ce dernier effort, trouver dans Hubert un complice, il en fera sa victime ; et avec une
promptitude qui semble inspirée par
la jalousie, il fond sur lui le poignard
à la main, il le frappe de plusieurs
coups si terribles qu'Hubert tombe
et expire avant d'avoir pu proférer
un mot. Son sang qui coule à gros
bouillons, inonde le marbre blanc
dont la chambre est pavée. Gertrude
qui s'était évanouie à ce spectacle est
rappelée à la lumière par madame de
Metwold et par Béatrix : l'une et l'autre, sans rien concevoir à cette en-
trevue nocturne, étaient convaincues
de son innocence ; elles la pressaient
d'expliquer cette aventure et de se

justifier à tous les yeux. Ceux de Gertrude restaient fixés sur le corps inanimé d'Hubert, et cet affreux objet la captivait tout entière. M. de Kniphausen donna l'ordre de l'enlever, et en qualité de haut-justicier dans ses domaines, de suspendre ce cadavre au gibet dressé sous les murs de Leech. Gertrude ne put réclamer contre cette impiété que par des cris, et ces cris furent attribués par son père à la douleur d'avoir perdu son amant. Gertrude reporte ses regards sur le ruisseau de sang répandu près d'elle; elle veut en vain rompre le silence, elle balbutie. Sa constitution était trop faible pour résister à des secousses si violentes, à l'épouvante,

à la pitié ; sa raison l'abandonna.
M. de Kniphausen, aussi prompt que
terrible dans ses décrets , fit préparer une litière , et le jour paraissait à
peine qu'il donna l'ordre d'habiller
sa fille et de la disposer à partir pour
le château d'Enfer. Cet ordre qu'elle
n'était plus en état d'entendre , pénétra de crainte sa belle-mère. Elle
alla trouver M. de Kniphausen ; mais
malgré la déférence qu'il avait toujours professée pour elle , le cas était
trop grave pour qu'il voulût lui céder ; en vain elle embrassa ses genoux pour implorer la grâce de Gertrude ; son départ ne fut même pas
différé. Tout ce que madame de Metwold put obtenir ce fut de partir

avec elle , afin de ne s'en séparer
qu'au dernier moment. Gertrude fut
portée dans la litière sans presque
s'en apercevoir. Son état aurait at-
tendri M. de Kniphausen s'il ne l'eût
attribué à des sentimens criminels.
Monté sur son cheval de bataille il
escorta ces dames jusqu'à son ancien
manoir ; il fit ouvrir la porte d'un té-
nébreux cachot placé dans la partie
la plus basse de la grosse tour. La
baronne de Metwold poussa inutile-
ment des cris affreux en voyant engloutir sa jeune amie dans cet antre
humide et obscur. Le sire de Kniphausen croyait s'honorer lui-même
en punissant sa propre fille plus sévè-
rement encore qu'il n'en aurait puni

une autre. Il força son épouse désolée à rentrer dans sa litière ; et au lieu
de retourner à Metwold, il la fit conduire au château de Leech où il avait
envoyé déjà Pétrucci. Il marcha
droit à la salle des cérémonies ; il s'arrêta devant le portrait de sa fille,
peint admirablement par l'Italien ;
et tous ses sens s'émurent en y re-
trouvant l'air de candeur et le doux
sourire de cette fille qu'il avait condamnée à ne plus voir le jour. Pétrucci tenait entre ses mains la lugu
bre palette ; il étendit sur ces traits
touchans le voile affreux qui les livrait
à l'anathême. Des cris douloureux se
firent entendre, et l'artiste détourna
les yeux en accomplissant cet ouvrage.

M. de Nienoort n'était pas présent ;
il n'avait pas perdu un moment pour
aller instruire Ludovica et sa mère du
coup qu'il avait frappé et de ce qu'il
appelait ses succès ; mais les deux
femmes n'avaient pas prévu qu'il aurait l'imprudence de vouloir contraindre Hubert ne l'ayant pu séduire,
et qu'il aggraverait par un homicide
les circonstances de cet événement
déjà si compliqué, si périlleux par
lui-même. C'était en vain que M. de
Nienoort, pour calmer leur effroi, leur
répétait que son beau-père était tel-
lement irrité contre Gertrude, qu'il
concourrait sans difficulté à briser ses
chaînes dans le cas où le châtiment
de l'infortunée n'entraînerait pas sa

mort. Ludovica plus effrayée encore
en voyant sa confiance et sa sécurité,
lui représenta qu'après le meurtre
qu'il avait commis, il fallait moins s'occuper d'en recueillir le fruit que de
s'assurer de l'impunité. La jalousie
pouvait le justifier si toutefois Hubert
n'avait eu aucun confident, si l'intelligence du comté avec elle restait
cachée ; mais cette intelligence n'a-
vait pas été connue du seul Hubert ;
Fritz en était instruit, et ses remords,
l'exemple d'Hubert et du prix dont
ses services étaient payés, pouvaient
l'effrayer pour lui-même !... Où était-
il ?.... M. de Nienoort tout confus se
vit obligé de confesser que dans son
empressement ces considérations lui

avaient échappé, et qu'il avait quitté Metwold seul, à pied, sans prévoir comme Ludovica combien Fritz pouvait être un témoin dangereux pour lui. Son âge, sa sensibilité, son attachement pour Hubert pouvaient le porter à des regrets, à des imprudences, à des aveux dont la seule pensée faisait frémir ces deux femmes. Dans leur terreur, elles brusquèrent M. de Nienoort, lui reprochèrent amèrement son imprévoyance, le forcèrent à repartir pour Metwold, en lui recommandant de s'emparer de Fritz, de l'amener à la cabane où il serait gardé à vue et raffermi dans sa fidélité pour son maître. Elles le virent se mettre en route avec une agitation toujours croissante. Ambition, espérance, tout disparaissait à leurs yeux ! Elles eussent renoncé à tout dans cet instant pour retrouver la securité perdue. La négligence de M. de Nienoort les révoltait bien plus que son crime, et le mépris, la colère, s'unissaient dans leurs ames à l'épouvante.

M. de Nienoort à son retour demanda vainement son page ; personne ne l'avait aperçu, et l'on pensait qu'il avait accompagné M. de Kniphausen à Leech ; mais M. de Kniphausen arriva quelque-tems après, et Fritz n'était point avec lui. Madame de Metwold découvrit sans le chercher, cet enfant qu'un bon

2. 18

génie dérobait au sort que des barbares lui auraient fait subir tôt ou tard. La reconnaissance l'avait conduit dans le lieu où son bienfaiteur avait péri; l'amitié y ramena madame de Metwold. Ce fatal appartement avait été abandonné, elle n'y trouva que Fritz, qui couché sur le marbre, couvrait de baisers la trace du sang du malheureux Hubert. « Eh quoi ? dit madame de Metwold à ceux qui la suivaient, ces carreaux n'ont pas encore été lavés ?... — Ils le seraient en vain ! s'écria Fritz, dont une fièvre nerveuse animait le geste et la voix; ce sang est celui du juste, il ne s'effacera jamais. Il restera empreint

sur ce marbre pour attester l'innocence de mon ami et la cruauté du
maître qui ne lui ôta la vie que pour
empêcher qu'il ne l'accusât.... ce
sang ?.... il retombera sur la tête du
meurtrier, sur la tête de Ludovica...»
Fritz épuisé, retomba le visage
contre terre. Madame de Metwold
le fit porter dans son lit : en même-
tems frappée de ce qu'elle venait
d'entendre, de la mention que Fritz
avait faite d'une femme corruptrice,
plus convaincue que jamais que son
amie était victime d'une calomnie,
elle passe chez M. de Kniphausen
pour lui faire part de ses soupçons.
Elle y trouve M. de Nienoort, à
qui son beau-père racontait quel

châtiment il avait infligé à la prétendue coupable ; et M. de Nienoort
en secret se flattait bien, sans
doute, qu'elle n'y survivrait pas.
Madame de Metwold tressaillit à
son aspect ; Fritz l'avait appellé le
meurtrier de l'innocent. Elle s'a-
dresse directement à lui, elle lui
enjoint d'un ton solennel, de lui
déclarer sur-le-champ ce que c'est
qu'une femme nommée Ludovica :
ce nom, dans une bouche à laquelle il devait jusqu'à ce moment
avoir été parfaitement étranger, ce
nom seul confond M. de Nienoort.
Il pâlit, il balbutie ; et saisi à la fois
de toutes les terreurs qu'il a vués
peu auparavant agiter son amante,

il la croit déjà perdue puisque son
nom est découvert. Incapable de
rien trouver pour éluder la ques-
tion, ou détourner les soupçons, il
achève de perdre la tête, il prend la
fuite pour aller avertir ces femmes
et les mettre en sûreté. Le sire de
Kniphausen reste interdit : madame
de Metwold lui rapporte les paroles
du jeune Fritz ; elle le presse de
l'aller voir, d'aller l'interroger lui-
même. « Non, madame, non, lui
dit-il, allons d'abord délivrer Gertrude ; je veux l'entendre la première, je le dois.... » Et ils partent
à la hâte, après avoir donné des
ordres pour que le jeune Fritz fut
bien soigné et bien gardé ; mais

quelque diligence qu'ils pussent faire , lorsqu'ils arrivèrent au château d'Enfer il y avait déjà près de douze heures que Gertrude avait été jettée , stupide et mourante , dans cette horrible prison : on en rouvrit la porte , on en rapporta Gertrude ; on la remit entre les bras de la baronne , sous les yeux de M. de Kniphausen , qui la fixait d'un air consterné. Ranimée pour un moment par les cordiaux qu'on lui présente , elle tend des mains suppliantes vers son père , pose sa tête sur le sein de son amie , et exhale un dernier soupir.

Tandis que madame de Metwold arrosait de ses larmes le corps de

Gertrude, le sire de Kniphausen
l'œil sec, immobile, restait debout
devant elles; c'était sa fille, son
unique enfant, sacrifiée par lui-
même et injustement condamnée !
car il n'en doutait déjà plus, c'était
la victime innocente de l'époux qu'il
lui avait donné. Le repentir, dans
l'ame de M. de Kniphausen, devait
avoir des résultats terribles; maître
encore de ses mouvemens, quoique
son ame fut en proie au transport
le plus violent, il fait emporter
avec honneur le corps de sa fille,
il fait éloigner sa femme, il ordonne
qu'on lui apporte une torche allu-
mée ; et malgré les exclamations de
ses gens, il met de sa propre main

le feu au manoir de ses ancêtres,
que l'agonie, le trépas de l'innocence, ont voué à la réprobation.
Il défend avec menaces que l'on
s'oppose aux progrès de l'incendie ;
et, après en avoir quelque tems
contemplé les ravages, il revient à
Metwold, il court à Grouingue , il
passe toute la nuit à chercher son
gendre sans pouvoir le découvrir.
Durant ce tems , madame de Metwold avait interrogé Fritz, qui ne
lui avait rien caché et qui attestait,
à l'appui de l'innocence du malheureux Hubert, l'espèce de pro-
dige qui excitait déjà dans les esprits
une admiration religieuse ; ainsi que
Fritz l'avait annoncé dans son dé-

lire, le sang répandu sur le marbre
n'avait pu, quoiqu'on eût fait, en
être effacé. Au retour de M. de
Kniphausen, la baronne lui fit part
des révélations du jeune page, et
l'engagea à se transporter à la plage
indiquée comme la résidence de
Ludovica. M. de Kniphausen s'embarqua, accompagné de ses gen-
darmes ; son intention était de s'emparer des deux femmes et de les livrer à la justice ; en arrivant il fit
investir la cabanne ; aucun bruit ne
s'y faisait entendre ; ce fut avec inquiétude que l'on y pénétra. L'on
n'y trouva que M. de Nienoort
percé de plusieurs coups, déjà défiguré et affaibli par les approches

du trépas ; il reconnut aussitôt son
beau-père. « venez, lui dit-il, jouis-
sez de mon châtiment..... ou plutôt
laissez-moi, courez sauver Gertrude !
elle est innocente. — Monstre ! s'é-
cria M. de Kniphausen, elle n'e-
xiste plus.... » Le comte leva vers
le ciel des regards éteints, et parut
effrayé de l'idée d'avoir à rendre
compte de ce nouveau forfait : il
raconta que Ludovica et sa mère,
épouvantées du récit qu'il leur avait
fait des soupçons de la baronne,
l'avaient envoyé chercher des che-
vaux à Groningue, afin de s'échapper au plus vîte ; mais à son retour
de la ville il avait trouvé ces lieux
déserts ; il avait cru d'abord, qu'on

en avait arraché ces femmes en son absence ; mais ne découvrant aucune trace de violence et voyant que leur or et leurs bijoux, fruits de ses largesses, avaient été soigneusement emportés, toute leur lâcheté, leur bassesse, s'étaient dévoilées à ses yeux. Il avait compris que la crainte d'être encore compromises par sa présence ou par ses bévues, les avait décidées à partir sans lui et sans équipage, et qu'elles l'avaient abandonné sans scrupule à sa propre destinée. La perte d'une femme qu'il avait idolâtrée, dont il s'était cru adoré lui-même, lui avait paru plus cruelle que la mort ignominieuse dont il était menacé ; et pour

échapper à tant de regrets à la fois
il s'était frappé du même fer dont
il avait tranché les jours du timide
Hubert. Il engagea son beau-père à
assouvir sa vengeance, à l'achever
de ses propres mains. « Non, dit le
sire de Kniphausen d'une voix con-
centrée, mes mains sont et reste-
ront désarmées ; je ne me servirai
plus du droit terrible de juger, de
punir mes semblables : tu me l'as
fait perdre ce droit suprême, quand
tu égaras ma prudence, et j'y re-
nonce aujourd'hui, même vis-à-vis
de toi. » Il fit porter M. de Nienoort dans la barque, et reprit avec
lui la route de Metwold. Pour la
dernière fois le comte traversa ce

lac, qu'il avait franchi si souvent
brûlant des feux, ou plutôt des fureurs d'un aveugle amour. Il pria
qu'on lui soulevât la tête ; et tant
que ses yeux purent soutenir la lumière il les tint fixés vers le bord
qu'il abandonnait pour toujours ; il
les ferma en arrivant à Metwold ;
le soleil en ce moment, plongeait
à l'horizon dans les vapeurs du lac...
et quand on mit M. de Nienoort à
terre, le cœur de cet insensé ne
battait plus.... il avait cessé d'e-
xister.

Le sire de Kniphausen fit transporter son corps au château d'Enfer,
ou plutôt à la place que ce château
avait occupé. Ce gothique édifice

avait été facilement consumé par les
flammes ; il n'offrait plus qu'un
monceau de cendres et de débris
charbonnés. Ce fut au centre de ce
hideux catafalque que M. de Kniphausen fit creuser la fosse de son
gendre, et sa malédiction l'y accom-
pagna. Le corps d'Hubert, détaché
du gibet, fut enterré honorablement
entre les ifs du cimetière de Metwold, et l'on plaça sur sa tombe
les quatre carreaux de marbre teints
de son sang, dont la trace incor-
ruptible résista toujours, par une
permission divine, aux intempéries
de l'air. La triste et touchante dépouille de l'infortunée comtesse,
reçut les plus grands honneurs fu-

nèbres : son père fit ouvrir le mau_
solée de son cousin , et descendre
dans le caveau le cercueil de son
héritière. Ce fut alors que Pétrucci
lui proposa de sculpter sa statue ,
et de la placer en face du lieu où re-
posait sa fille. M. de Kniphausen y
consentit. L'idée de ce monument
lui rappela avec amertume l'affront
dont il avait souillé le portrait de la
comtesse : « J'avais prévu vos regrets , dit Pétrucci ; j'étais convaincu
dans mon cœur de l'innocence de
madame de Nienoort , et j'ai voulu
vous ménager une consolation. »
Ils se rendirent au château de Leech
dans la salle des portraits. Pétrucci
n'avait couvert celui de Gertrude

que d'un léger enduit, qu'une goutte
d'eau pouvait faire disparaître sans
endommager le vernis transparent
étendu sur la peinture. Avec un linge
humecté il l'effaça, ne laissant sub-
sister qu'une bande noire tout à
l'entour, comme le symbole d'un
deuil éternel. « Ami, dit le sire de
Kniphausen, tu m'as soulagé d'un
grand poids ; ce service, qui ne
peut la rendre à la vie, la rend du
moins à l'honneur : mais périsse ce
dangereux usage, qui déjà peut-
être aura comme cette fois diffamé
la vertu. J'abolis de toute mon autorité une coutume établie sans
doute dans des vues utiles, mais que
mon erreur a profanée ; et pour gage

de son abolition , je veux laisser in-
tact le portrait de Nienoort lui-
même. La renommée se chargera
seule de noircir sa mémoire ; et si
le ciel est juste , ni le souvenir , ni
l'horreur de son imposture , ne
s'éteindront jamais. »

On n'a plus revu en Hollande Ludovica ni sa mère. On peut raison-
nablement présumer que la crainte
d'être reconnues et rigoureusement
punies , les contraignît à mener une
vie obscure , devenue plus pénible
lorsque les dons du comte de Nienoort , qu'elles avaient emportés ,
auront été dissipés. On peut imaginer encore que le tems contribua à
leur supplice , en privant Ludovica

des ressources que pouvait lui procurer sa beauté. Cependant on a su
que dix ou douze ans après la catastrophe que nous venons de raconter,
on avait arrêté de l'autre côté de
l'Ems une femme jeune encore,
accusée d'avoir dans son emporte-
ment attenté aux jours d'une autre
femme décrépite, misérable ; sans
que l'on eût pu savoir au juste si
cette vieille était sa mère. Elle fut
enfermée pour le reste de ses jours,
et bien des gens ont pensé que ce
pouvait être Ludovica.

Je n'ai pu savoir bien positive-
ment la date de cette anecdote. On
peut, comme diverses circonstances
nous l'indiquent, la faire remonter

à une époque où la religion réformée n'était pas encore généralement reçue en Hollande. Quelques rejettons de la famille de Nienoort subsistent encore, mais les vastes domaines du baron de Leech se trouvent divisés entre une foule de collatéraux. La petite ville et le château dominent toujours le lac ; et à peu de distance de Groningue on voit encore le hameau de Metwold, et la chapelle élevée au milieu du cimetière. Une tour lui sert de clocher ; les murailles sont encore chargées d'armoiries ; mais la maison de plaisance et la galerie qui les joignait ont été démolies sans doute par la main du tems. Sur l'un des côtés de la cha-

pelle on voit le mausolée parfaitement conservé, avec les deux statues
couchées du baron et de la baronne,
et celle du sire de Kniphausen debout au pied du monument, con-
templant d'un air sinistre la place où
sa fille repose. On prétend que le
portrait encadré de deuil se voit
encore au château de Leech ; que
les carreaux empreints du sang im-
périssable de l'innocent Hubert,
ont été religieusement enlevés et
conservés chez l'un des héritiers de
la terre de Metwold. Quant au château d'Enfer, quant à ses cendres
expiatoires, c'est en vain que l'œil
du voyageur, que l'œil de l'homme
sensible veut y chercher la place où

Gertrude a péri. La malédiction d'un père au désespoir a été confirmée par l'être suprême , le souffle de l'aquilon vengeur a dispersé sa poussière , confondue avec celle d'un assassin. Il ne reste plus dans ces lieux un seul témoin de cette catastrophe , car les bois même qui entouraient le vieux manoir sont tombés successivement sous les coups de la coignée. Elle s'est perpétuée d'âge en âge dans la mémoire des hommes ; elle attire encore des curieux à la chapelle de Metwold et au château de Leech. Ce pélerinage , à la fois historique et sentimental , se termine presque toujours par un thé pris dans un joli pavillon , d'où la vue s'étend agréablement sur les eaux du lac et sur de riantes prairies.... Et ce n'est ordinairement qu'en sortant de ce lieu charmant que l'on apprend que l'on vient de fouler aux pieds le sol même où s'éleva, où vieillit, où s'abîma le château d'Enfer.

Mes yeux ont vu le mausolée, mon oreille a recueilli la tradition, et ma plume l'a étendue pour la transmettre à mes compatriotes, comme une source de réflexions et de leçons utiles. Ames tendres ! défiez-vous bien de vous-mêmes, et ne transigez point avec la droiture. Amis et maîtres perfides ! songez à ce sang ineffaçable, et frémissez.... Vous, juges et

pères inflexibles ! sachez que la statue du sire de Kniphausen s'élève
encore, et recommande à tous la
modération et l'indulgence.

NOTA. Cette nouvelle n'est point fabuleuse : il est très-vrai que le mausolée et les statues se voient encore dans l'antique chapelle de Metwold, aux environs de la ville de Groningue ; ville située dans la partie la moins humide et la plus saine de la Hollande, dont les habitans sont doués d'un excellent caractère, et dont le souvenir me sera toujours cher.... Il est très-vrai que l'on choisit souvent pour but de promenade le pavillon à thé, bâti sur le terrain où fut incendié le château d'Enfer, dont les sourcilleux ombrages ont disparu, et d'où l'on aperçoit, de l'autre côté du lac, la

petite ville et le vieux château de
Leech, qui renferme les anciens
portraits de la famille de Nienoort.
Le manoir du sire de Kniphausen
fut réduit en cendres peu après avoir
servi de prison à la comtesse, surprise par son époux et par son père,
durant la nuit avec son écuyer ;
le premier l'avait déterminé à se
cacher dans l'appartement, le me-
naçant d'empoisonner la comtesse,
s'il ne pouvait réussir à divorcer en
l'accusant d'adultère. L'innocence
de ces deux victimes fut reconnue
trop tard : le comte poignarda l'é-
cuyer pour l'empêcher de révéler
ses complots ; et le sire de Kniphausen fit enfermer sa fille et la laissa

mourir de faim. La tradition rapporte expressément que la comtesse
était boiteuse et bossue ; et ce que
j'ai raconté du caractère de son père
et de leurs mariages précipités, n'est
point non plus contraire à la tradition. On appuie surtout sur la con-
servation, prétendue miraculeuse,
des taches de sang sur les carreaux.
On pourrait excuser jusqu'à un cer-
tain point les superstitions et les
amplifications populaires, si elles
n'avaient jamais pour but et pour
effet que d'épouvanter les coupables.

LETTRE

HISTORIQUE

SUR LE ROMAN

DE PAUL ET VIRGINIE.

~~~~~~~~~~~~~~~~~~~~~~~~~~~~~~~~~~~~~~

LETTRE

HISTORIQUE

Sur le Roman de PAUL ET VIRGINIE ,
adressée à madame de Montfort,
à Toulouse.

Juillet 1814.

VOUS me demandez , ma chère
amie , si durant un séjour de douze
années à l'Isle-de-France je n'ai pas
recueilli quelques traces de l'existence
et du naufrage des deux amans célé-
brés par M. Bernardin-de-Saint-
Pierre , dans son intéressant ouvrage
intitulé *Paul et Virginie.* Ces traces
subsistaient encore , ces souvenirs

n'étaient pas éteints , et M. Bernar-
din-de-Saint-Pierre leur avait rendu
une activité nouvelle , un nouveau
degré d'intérêt. J'ai connu personnellement M. Mallet , ancien capi-
taine au régiment de l'Isle de France,
frère de l'infortunée dont il est ques-
tion. J'étais jeune à cette époque, il
avait déjà plus de quarante ans ; il
n'en avait que cinq ou six lors de
l'événement qui lui avait enlevé sa
sœur aînée en 1744 ; mais les scènes
imposantes dont cette catastrophe
avait été accompagnée , avaient fait
sur son ame une impression profonde ; et les longs regrets , les fréquentes narrations qui en avaient
été la suite ; l'avaient gravée dans sa

mémoire aussi-bien que dans son

cœur.

Vous allez vous écrier sans doute :
Eh quoi ? un frère de Virginie ! un
fils de madame de la Tour ! Non :
madame de la Tour est un person-
nage imaginaire ; sa cabane roman-
tique , sa compagne, et plus encore...
l'aimable Paul, hélas ! ils n'ont jamais existé. Je conçois qu'il vous en
coûte de perdre à la fois tant d'illusions séduisantes. Moi-même bien
souvent j'ai repoussé la vérité ; je me
suis assise avec ces prétendus solitaires à l'ombre de leurs cocotiers fa-
voris , dont les palmes en se déve-
loppant chaque année , marquaient
chez nos jeunes amans le développe-

ment d'une grâce nouvelle et d'un
sentiment plus tendre. Je reprenais
le livre comme l'on cherche à retrouver un beau songe. Si vous persistez
à m'interroger encore, je vais vous
enlever malgré moi tout ce dont votre
imagination est enchantée ; et que
vous rendrai-je à la place ? Je ne
pourrai qu'ajouter aux impressions
douloureuses que le roman vous a
laissées. Je vous ai dit que M. Mallet
se rappelait avec détail les malheurs
de sa famille ; c'est d'après le récit
qu'il m'en a fait que je vais vous tracer à mon tour un rapport simple,
mais exact, dépouillé de tous les ornemens dont l'habile romancier a si
bien fait de l'embellir, et aggravé par

des traits encore plus sinistres, dont il aura voulu apparemment nous épargner la rigueur.

La mère de cette jeune personne, à laquelle nous conserverons le nom de Virginie, se remaria à M. Mallet, habitant au quartier des Pamplemousses. Une sœur de son premier mari, religieuse en France, redoutant pour sa nièce les chagrins que l'on suppose ordinairement devoir naître dans une seconde union pour l'enfant d'un premier lit, la demanda avec instance à sa mère afin de l'élever dans son couvent. Madame Mallet, qui chérissait sa fille et la voyait heureuse avec son beau-père, s'y refusa pendant long-tems. Mais la colonie à cette

époque, offrait encore si peu de ressources pour une bonne éducation,
que madame Mallet convint enfin
avec elle-même que quelques années
de séjour en France développeraient
les excellentes qualités de Virginie.
Elle fit en faveur de sa fille le sacrifice le plus pénible pour une mère ;
elle s'en sépara.

Virginie, conduite à sa tante, acquit en peu de tems tous les charmes
que l'instruction et les talens ajoutent
à l'esprit naturel et à la beauté. On
vantait particulièrement en elle cette
expression de pudeur et de modestie,
fruit des sentimens angéliques que sa
tante et ses chastes sœurs avaient
fortifié dans son ame, et qui dépas-

sèrent peut-être les bornes du devoir le plus sévère..... Mais n'antici-
pons point sur les événemens ; con-
tentons-nous de dire quant à présent
que madame Mallet réclama la jouis-
sance d'un trésor qui lui appartenait ;
que Virginie combattue entre son
penchant pour le cloître et le désir
de revoir sa mère , obéit enfin à cette
dernière ; et arrêta son passage sur
un vaisseau nommé le Saint - Géran,
qui partait pour l'Isle-de-France.

Madame Mallet fut prévenue de
la prochaine arrivée de sa fille par
un navire parti deux ou trois semaines
avant le Saint-Géran. Dès ce moment
elle n'eut plus en quelque sorte
qu'une seule pensée , et cette pensée

si délicieuse par elle-même, dégé-
nérait quelquefois en tourment. O
mères ! vous n'avez pas eu toutes votre enfant suspendu durant plusieurs
mois sur les abîmes ; des milliers de
lieues, des millions de dangers ne
vous en ont pas séparées ; mais si
quelques instans d'absence, si quelques légers périls ont pu oppresser
votre cœur, vous comprendrez la
mère de Virginie et commencerez à
la plaindre. Ce qui justifiait ses craintes et cette sorte de pressentiment,
que néanmoins on reprochait à sa
raison, c'est que l'on était alors à
l'Isle de France dans la saison des
ouragans, On attendait Virginie chaque jour, et chaque jour sa pauvre

mère se fatiguait à consulter l'horizon,
ou les signaux des montagnes qui an-
noncent dans toute l'Isle l'approche
des différens bâtimens. Le moindre
nuage la faisait trembler, le murmure
des flots lui était insupportable...
Mais le ciel est véritablement obs-
curci, la mer se soulève et propage
en effet ce bruit lointain, ce bruit
sourd et lugubre, précuseur de la
tempête. L'ouragan le moins funeste dans ses effets est toujours ef-
frayant par les précautions qu'il
exige ; dans l'incertitude du degré de
furie auquel il pourra se porter, on
ferme d'avance toutes les ouvertures
des maisons avec des planches clouées
en-dehors, et des barres de fer as-

sujetties en-dedans : on *accorre* avec
des fourches, des arcs-boutans, les
angles de chaque édifice : quelques
personnes encore plus prévoyantes ,
s'enferment durant ces nuits désas-
treuses avec des noirs armés de ha-
ches, pour leur frayer un passage si
elles venaient à être ensevelies sous
leurs toits. Que ne dût pas éprouver
madame Mallet durant ces prépara-
tifs ! Plus malheureuse que ses con-
citoyens, ses alarmes ne se resserrent
point autour d'elle , son ame erre
douloureusement sur les flots. Aussi
long-tems que le jour sombre lui per-
met de contempler la mer , elle refuse de laisser clorre une petite croi-
sée par laquelle elle va à chaque ins-

tant consulter les élémens. Mais enfin tout est enseveli dans les ténèbres,
et le vent qui augmente ordinairement après le coucher du soleil,
souffle avec une extrême violence;
une lampe, que l'on défend comme
l'on peut de l'air et de la pluie qui
s'insinuent de toutes parts, jette une
clarté variable dans l'appartement, où
madame Mallet s'étend sur un ca-
napé au milieu de sa famille et de
ses esclaves les plus fidèles. La pâleur
couvrait son visage, chaque redou-
blement la faisait frissonner, et elle
serrait contre son sein ses jeunes enfans l'un après l'autre ; elle semblait
leur dire : Faites-la-moi oublier un
moment! Un nom mal articulé s'é-

chappait involontairement de ses lèvres ; M. Mallet feignait de ne pas
l'entendre. Inquiet intérieurement,
il se félicitait tout haut de ce que
l'ouragan annoncé long-tems d'a-
vance, avait donné aux vaisseaux le
loisir de s'éloigner : il trouvait le vent
moins furieux que de coutume, il se
flattait même de le voir bientôt ap-
paisé.... et chaque fois un mugisse-
ment plus terrible venait déconcerter
ses tendres soins. Cependant l'on
atteint le point du jour ; à cette époque le vent paraît effectivement s'af-
faiblir : le danger semblait passé, et
madame Mallet, épuisée par toute
une nuit d'angoisses, succombe enfin
au sommeil : ceux qui l'entourent y

cèdent à son exemple , ou respectent
dans un profond silence le repos
d'une tendre mère.....

Tout à coup des cris aigus les ont
réveillés.... Madame Mallet à demi-
soulevée sur son sopha, l'œil fixe ,
les bras tendus , dans tout l'égarement du désespoir , poussait ces
cris déchirans ; « Je l'ai vue , disait-
elle , elle était là.... le vaisseau courait vers la côte , elle m'appelait ,
j'ai couru , il s'est entr'ouvert.... »
En cet instant , le bruit faible , mais
distinct , d'un coup de canon se fait
entendre et interrompt madame Mallet. Toutes ses facultés restent sus-
pendues ; tout s'arrête et se tait
autour d'elle ; on écoute , on attend...

Les coups de canon, répétés à des intervalles égaux, sont les signaux de détresse d'un vaisseau prêt à périr. Tous les cœurs étaient palpitans d'effroi.... Un second coup retentit apporté par l'orage.... madame Mallet retombe, et tous les fronts se baissent par un mouvement spontané. M. Mallet revient le premier à lui ; il s'adresse à Domingue, non pas au vieux Domingue de M. Bernardin-de-St.-Pierre, mais au jeune et joli Domingue, frère de lait de Virginie, que ce titre, son zèle et son intelligence ont fait monter déjà au grade de commandeur : « Mon enfant, lui dit M. Mallet, l'ouragan est fini ; prends douze de tes meil-

leurs noirs ; un palanquin, et rends-
toi sur la côte dans l'endroit où le
vaisseau naufrage. Tâche de lui porter secours ; sauve qui tu pourras,
Domingue, tu m'entends, ne perds
pas une minute. » Domingue, déjà
debout, ne répond que par un de
ces accens qui, dans la pénurie du
langage que l'on a mal à propos donné
aux esclaves, leur tient souvent lieu
d'éloquence ; qui rappèlent le premier âge de la nature, où un seul
cri parti du cœur peignait à volonté
l'attendrissement, l'enthousiasme ou
la douleur. Domingue a fait son
choix, il est parti. Le jour perçait
avec peine à travers la voûte des
nuages, mais la pluie, le vent et le

tonnerre avaient cessé : il franchit les ravins, les torrens que le déluge avait formés ; il dirige ses pas d'après le bruit mesuré du canon : mais ce bruit cesse au bout d'une demi-heure, et Domingue ne sait plus ce qu'il doit espérer ou craindre. Il arrive enfin sur le point de la côte où le navire avait touché. Quel spectacle s'offre à sa vue ! la mer se déployant avec furie à près d'un quart de lieue de ses limites ordinaires ; et entre l'ancien rivage et un rocher (alors également couverts par les flots), dans un passage étroit, praticable seulement pour des canots, un grand bâtiment, qui trompé par l'obscurité et l'élévation des eaux, s'était entièrement engouffré. Il était saisi entre ces deux écueils, où la force du vent et des vagues l'avaient encore poussé, ensorte qu'il ne pouvait plus ni avancer ni reculer ; mais il avait perdu l'équilibre, la proue avait plongé, et le reste semblait être l'objet de la fureur des flots, qui menaçaient à chaque instant de l'abattre et de l'engloutir. Les habitans du voisinage, déjà rassemblés, jetaient dans l'eau des planches, des cordages et des bananiers, dont la propriété est de flotter sur l'eau comme le liége sans pouvoir jamais aller à fond. L'équipage mettait ces secours à profit pour se rendre à terre. Abrités autant qu'ils pouvaient

l'être sous un fragment de la dunette,
on voyait une jeune personne assise
et un jeune homme debout à ses
côtés. La piété, la résignation, et
en même-tems la douleur la plus
touchante, se peignaient dans l'attitude de la première ; l'amour et le
désespoir éclataient dans les gestes
de son compagnon. Virginie, car
c'était elle, Virginie avait trouvé
parmi les officiers qui commandaient
à bord, celui qui devait triompher
de son goût pour le cloître, mais
non des scrupules dont on l'y avait
nourrie. Son amant, riche, bien
né, autant qu'aimable et tendre,
ne doutait pas plus qu'elle de l'ap-
probation que madame Mallet ac-

corderait à leurs sentimens. Combien de jours heureux ils s'étaient promis avant ce jour effroyable ! Toutes les illusions si riantes de la jeunesse, tous les rêves d'un innocent amour, avaient enchanté leurs ames. Infortunés !.... dans peu la somme du bien et du mal doit être comblée pour vous.... « Virginie, disait-il à la jeune personne qui semblait habiter déjà un autre monde, Virginie ! à présent le jour nous éclaire ; nous sommes encore ensemble ; je nage bien, ainsi rassurez-vous ; quittez seulement vos habits, dont le poids et l'ampleur nous gêneraient l'un et l'autre ; quittez-les, et je vous emporte dans mes bras. »

Nous pouvons aisément nous rappeler, ma chère amie, quel était
le nombre, l'épaisseur et la circon-
férence des vêtemens de nos grands-
mères : le jeune homme avait bien
raison de penser qu'une fois imbibé
d'eau, le fardeau d'un habillement
semblable surpasserait bientôt ses
forces : mais l'idée de se dépouiller,
de se montrer presque nue aux
hommes qui bordaient le rivage,
fit naître dans l'ame de Virginie un
degré d'horreur plus fort que toutes
les horreurs de la tempête et du
trépas dont elle était environnée. En
vain son amant la presse, lui représente que l'œil de la pitié est toujours
chaste, que les spectateurs oublie-

ront jusqu'à ses charmes pour s'occuper seulement de son salut ; que
c'est dans les bras d'un époux qu'elle
se placera sans voiles ; il invoque
l'amour , la nature ; il lui parle de
sa mère , du bonheur qui les attend
tous trois s'ils peuvent conserver
leurs jours. Il n'obtient rien d'une
vierge trop pure , qui préfère l'honneur à la vie , et qui se croirait dif-
famée , qui n'oserait plus lever les
yeux , et se trouverait en butte à la
fois aux sarcasmes de ses compatriotes , au blâme de ses saintes
institutrices , et aux reproches de sa
conscience. Il imagine que ces scrupules excessifs ne sont pas bien sin-
cères ; que la terreur a part dans

ses refus aussi bien que la décence,
qu'elle se défie enfin qu'il soit en
état de la sauver : « Vous allez faire
l'épreuve de mon habileté , lui dit-
il ; et il s'élance au milieu des flots.
L'agilité avec laquelle il fend la
vague orageuse , sa figure charmante
qui se distingue au milieu de tant
d'horreurs , tout fixe sur lui l'attention. On lui jette un cable , un
madrier , il les dédaigne. Il a bientôt touché la terre. On l'entoure ,
on le félicite ; il écarte ceux qui le
pressent , cueille une touffe d'her-
bes sur le rivage , et se rejette au
milieu des eaux. L'étonnement , la
compassion , arrachent des cris aux
spectateurs. On le croit insensé , on

le tient pour perdu , lorsqu'on le voit reparaître sur le navire. Il est aux pieds de Virginie ; il lui montre l'herbe qu'il a cueillie : « Vous le voyez, lui dit-il , je nage bien ; fiez-vous donc à moi : encore une fois quittez vos vêtemens , ne vous obstinez plus dans un héroïsme qui dégénère en cruauté. » Outré du refus qu'il éprouve encore , il porte sur sa maîtresse des mains hardies ; il essaie de la dépouiller. Virginie pousse des cris perçans. Sa colère, ses regards effarés , ôtent à son amant la résolution dont il a besoin. Il sent qu'il devrait employer la force et la sauver en dépit d'elle ; le respect le fait balancer. Durant tous ces débats les vagues avaient continué de battre le navire. Un craquement épouvantable se fait entendre, la partie qui se soutenait hors de l'eau paraît prête à se détacher de celle qui reste prise entre la terre et le rocher : l'officier était amant, mais il était homme ; un mouvement involontaire le précipite à la nage et le fait fuir devant la destruction. Il était prêt à aborder pour la seconde fois, quand il revient à lui et qu'il sent qu'il est seul. Une autre terreur le saisit : il cherche des yeux le navire ; il l'aperçoit encore : « J'ai pu l'abandonner ! s'écrie-t-il,.... et au moment où les acclamations des assistans saluaient déjà son retour

au rivage, il se retourne, il remonte
sur ce débris qui fléchit, et qu'il
redoute même d'ébranler. Les restes
de l'habitacle venaient alors d'être
emportés ; Virginie était évanouie,
étendue sur le tillac ; ses vêtemens
entièrement trempés ne pouvaient
plus être détachés de son corps.
« Allons ! dit le malheureux jeune
homme, voyant l'inutilité de ses
efforts, allons.... vivre ou mourir
avec toi ! » Il la soulève, se jette à
la mer avec elle ; mais fatigué par
ses deux premiers voyages, emba-
rassé du poids et des replis des ro-
bes de Virginie, il ne nage plus
qu'avec peine et qu'avec effroi. Domingue qui s'aperçoit qu'il ne peut

plus avancer , fait pousser vers lui
tout ce qui se trouve sur le rivage :
une planche arrive enfin et va heur-
ter le jeune homme : il fait un effort
pour y placer Virginie ; la robe
dont il est comme accablé l'empêche de réussir. Dans cet instant
fatal une nouvelle secousse achève
de partager le vaisseau : la partie qui
s'élevait au-dessus de la mer se dé-
tache avec un bruit affreux , tombe
pesamment , et fait en s'abîmant
refluer les eaux.... Elles viennent en
roulant couvrir la tête du jeune
homme ; il est submergé ; il.... dis-
paraît.

Un cri douloureux , un cri uni-
versel se fait entendre ; Domingue

se jette la face sur le sable et jure
dans ce premier moment, qu'il ne
se relèvera jamais. Les matelots,
qui insensiblement ont presque tous
gagné la terre, déplorent la perte
de leur officier, racontent ce qu'ils
savent de ses amours, ce qu'ils ont
entendu de ses derniers discours.
Le jour s'avance; M. Mallet qui ne
voit pas revenir Domingue, arrive
plein d'inquiétude; ses amis l'entourent et lui rapportent ce qui
s'est passé; peu s'en faut que ce
malheureux époux en songeant au
coup qu'il va porter à sa femme,
ne soit prêt à faire comme Domingue. Ce n'est pas à vous ma chère
Fanny, à vous, aussi tendre mère

que femme aimable et bonne amie, qu'il est besoin de peindre la scène cruelle qui suivit le retour de M. Mallet à son habitation ; et ce n'est pas à moi qu'appartiendrait le courage de la décrire : enfin, le nom de *passe du Saint-Geran* était resté au détroit où ce navire s'était englouti ; Domingue avait vieilli auprès du frère de Virginie, et les anciens de la colonie qui avaient connu madame Mallet dans leur jeunesse, avaient conservé le souvenir et le regret de son malheur ; aussi, lorsque l'ouvrage de M. de Saint-Pierre fut apporté à l'Isle de France, il y excita des sensations plus vives nécessairement que par-

tout ailleurs : seulement quelques
vieillards, religieusement attachés au
texte , furent fâchés que l'auteur ne
s'y fût pas entièrement conformé :
quelques jeunes femmes trouvèrent
même que Paul quoique bien touchant, était moins sublime que le
jeune officier, affrontant trois fois
l'orage , et périssant avec sa maîtresse pour l'avoir trop respectée ;
que la pudeur de Virginie ressortait
encore davantage par sa résistance
aux sollicitations d'un amant aimé,
qu'à celles d'un matelot dégoûtant
et grossier ; mais tous les jeunes
créoles lui surent gré d'avoir consacré pour toujours le parfum de
leurs orangers et l'ombrage de leurs

palmistes , auxquels eux‑mêmes , après avoir lu cet ouvrage , attachè‑rent un nouveau prix.

L'opéra de Paul et Virginie , quoique si fort inférieur au roman , obtint dans la colonie de grands suffrages : il acquit un nouveau mé‑rite de l'idée qu'eût M. Thuillier , décorateur du spectacle à l'Isle de France , d'aller visiter en secret l'endroit nommé dans le pays *l'en‑foncement aux prêtres* , désigné par M. Bernardin ‑ de ‑ Saint ‑ Pierre , comme le site de l'habitation des deux héros de son roman. Il trans‑porta soigneusement ce point de vue sur la scène ; et lorsqu'on leva la toile , on reconnût avec une agréa‑

ble surprise le lieu même qu'avait
indiqué l'auteur. J'avais fait con-
seiller à M. Thuillier de faire passer en France un croquis de cette
décoration ; je crois encore qu'à
une reprise de ce petit opéra , cet
incident annoncé d'avance aurait
amené la foule. La *perspective* ani-
mée d'un lieu pittoresque, étranger
et lointain , la pensée de contempler
une imitation fidèle d'un séjour où
tant de lecteurs ont laissé si souvent
errer leur imagination séduite , ne
pouvaient manquer de produire un
heureux effet. Une vieille négresse
qui dans son enfance avait appartenu à M. de la Bourdonnaye ,
ayant appris qu'il reparaissait à la

comédie, dont elle n'avait d'ailleurs aucune idée, et supposant qu'au théâtre on avait le talent d'évoquer les morts, arriva du sein des montagnes dans l'espérance de voir l'ombre de son ancien maître : elle écouta très-froidement le commencement de la pièce ; mais à l'apparition du gouverneur, frappée du défaut de ressemblance, révoltée de ce qu'elle prenait pour une supercherie, elle se mit à crier que l'on en avait menti, que l'on trompait indignement le public, qu'on lui volait son argent ; et il fallût la mettre à la porte.

Telle est, mon aimable amie, l'anecdote dont vous avez réclamé de

ma part une exacte relation : je l'ai
rédigée d'abord sans autre intention
que celle de vous complaire ; je la
publie aujourd'hui uniquement pour
rétablir les faits , et satisfaire d'a-
vance tous ceux qui voudraient m'interroger encore ; mais vous auriez
donné en la lisant quelques larmes
de plus à l'intéressante créole , que
je ne m'en attribuerais pas l'honneur. Je puis bien peut-être avec
nos anciens , regretter un peu que
le chantre de Virginie n'ait pas tenu
davantage à l'intégrité de la catastrophe , qu'il aurait su faire valoir si
bien.... ; mais il ne m'appartient pas
de censurer l'auteur de la Chaumière Indienne, de cet ouvrage qui, s'il

n'est pas un parfait modèle des
mœurs de l'Inde, en est un d'esprit
et de bon goût dans tous les genres ;
et dont la Chaumière de Virginie
est digne encore d'être la sœur.

FIN.